APÁTRIDAS

ALEJANDRO CHACOFF

Apátridas

Copyright © 2020 by Alejandro Chacoff

Grafia atualizada segundo o Acordo Ortográfico da Língua Portuguesa de 1990, que entrou em vigor no Brasil em 2009.

Capa
Milena Galli

Arte de capa
Marina Rheingantz, *Posto*, 2020, óleo sobre compensado, 25,5 x 20,5 cm. Coleção da artista. Reprodução de Renato Parada

Preparação
Márcia Copola

Revisão
Clara Diament
Marina Nogueira

Os personagens e as situações desta obra são reais apenas no universo da ficção; não se referem a pessoas e fatos concretos, e não emitem opinião sobre eles.

Dados Internacionais de Catalogação na Publicação (CIP)
(Câmara Brasileira do Livro, SP, Brasil)

Chacoff, Alejandro.
    Apátridas / Alejandro Chacoff — 1ª ed. — São Paulo : Companhia das Letras, 2020.

    ISBN 978-85-359-3306-2

    1. Ficção brasileira I. Título.

19-31656   CDD-B869.3

Índice para catálogo sistemático:
1. Ficção : Literatura brasileira B869.3

Maria Alice Ferreira – Bibliotecária – CRB-8/7964

[2020]
Todos os direitos desta edição reservados à
EDITORA SCHWARCZ S.A.
Rua Bandeira Paulista, 702, cj. 32
04532-002 — São Paulo — SP
Telefone: (11) 3707-3500
www.companhiadasletras.com.br
www.blogdacompanhia.com.br
facebook.com/companhiadasletras
instagram.com/companhiadasletras
twitter.com/cialetras

Para Ana Antônia, e para Julia
E para J. F. A. — em memória

PARTE I

Capitalisminho

1.

O dinheiro americano era simples. Sua cor e textura evocavam o mesmo tédio de Drexel Hill, nosso bairro na Filadélfia — o verde difuso dos pinheiros, as casas de tijolos idênticas e enfileiradas. O carpete bege macio e os estalinhos metálicos dos aquecedores. No inverno, neve caía e tudo ao redor embranquecia e perdia os contornos. A cor ia embora e alguns meses depois voltava. E essa renovação infinita e superficial, de as coisas mudarem um pouco e sempre voltarem a ser as mesmas, é algo que ainda relaciono com dólares americanos. As notas estão sempre novinhas, como se tivessem acabado de ser impressas; são lisas e gostosas de tocar. É estranho, mas elas têm um ar de inocência. Deve ser proposital, como quase tudo que os americanos fazem.

No voo para São Paulo, e depois para o Mato Grosso, minha mãe falou muito sobre o meu pai. Disse que ele já tinha admitido gostar do Pinochet (uma frase que na época não me dizia muita coisa); que ele não ajudava nem a própria mãe no Chile (ela morava na periferia de Santiago); que ele não sabia cozinhar. Falava como se não o conhecêssemos, como se não tivéssemos passado aqueles anos todos morando com ele também. Explicou que ele a forçara a vender um terreno que ela havia ganhado do pai dela, meu avô, um terreno muito bom no Mato Grosso, perto do bairro Boa Esperança, e que tinha gastado o dinheiro todo num carro. Depois contou que ele já tinha sido casado, e que nunca se divorciara ou anulara o casamento anterior. "O pai de vocês é bígamo", minha mãe disse, com desprezo, como se a frase encerrasse a questão. Mas a fonética da palavra me confundiu: parecia evocar um grande feito, como se ele falasse muitas línguas ou conhecesse algum nicho da neurociência.

Os dois ou três voos até o Mato Grosso foram tranquilos. Senti prazer em ouvir aquelas histórias sobre o meu pai. Eu nunca o compreendera bem; me parecia uma figura etérea e sem muitos contornos de personalidade. Era bom saber que tinha vivido aventuras romanescas, que tinha um passado do qual eu não fazia ideia. Na Filadélfia, ele ficava sempre ali na sala, com seu ar distraído, lendo o *Philadelphia Inquirer* e o *New York Times*. Falava conosco num tom muito gentil, que, conforme crescíamos, se tornava cada vez mais obsoleto, por ser infantil demais.

Só quando ele comprava algo eu vislumbrava um ser mais autêntico e vigoroso. Comprava muito bem. Tinha uma assinatura bela e curvilínea para assinar cheques, e nos jantares fora, quando viajávamos para Manhattan ou New Haven para alguma conferência da minha mãe, ele arrancava as folhas do talão com uma rispidez bonita. Ou então dizia: "American Express", tirando o cartãozinho e o levantando por alguns segundos até fitar o garçom, flertando com os limites de uma ofensa. Dava quarenta por cento de gorjeta, o que chocava os atendentes, sempre tementes a estrangeiros mãos de vaca. Minha mãe, mesmo depois do seu doutorado em linguística, ainda ficava apreensiva com o ritual americano do comércio — os atendentes recitando-lhe opções de cafés e doces numa voz rápida e sem inflexão, como se rezassem. Já meu pai havia nascido para esse ritual. "Me dê um minuto, por favor", dizia, com elegância hostil, quando alguém tentava apressá-lo. Naqueles anos, passei um bom tempo buscando decifrar o logo misterioso do seu Alfa Romeo. Pensava, vagamente, que o desenho da cobrinha verde, cruz e coroa talvez desse alguma pista sobre a sua essência. Não tínhamos condições de comprar aquele carro de merda, minha mãe dissera; era melhor ter ficado com o terreno.

"Conta mais, mãe, conta tudo sobre ele", minha irmã falou, enquanto bocejava. Estava sonada e ao mesmo tempo animada com as histórias; e seguimos ouvindo minha mãe enquanto o avião atravessava a escuridão. Jantamos; as luzinhas do avião se apagaram uma a uma; e o tom da minha mãe, amaciado pela digestão, se enterneceu — as peripécias desprezíveis do meu pai ganharam a melodia sonolenta de um conto de fadas. Adormeci enquanto ela fazia uma lista dos bens dela que ele tinha vendido, um a um.

Romualdo, o motorista do meu avô, nos buscou no aeroporto. Deu explicações ofegantes à minha mãe, enquanto punha as malas na caçamba da F-1000 — a mesma que meu tio usava para transportar caixotes de dourados, pintados e pacus no gelo. "Betinho foi pescar e precisou da caminhonete de quatro portas, e o Comunista precisou da Belina para ir ao médico. Tentei pegar o Santana, mas tão usando pra levar e trazer coisa lá da festa de são Benedito. O Logus do Betinho tá no conserto." Minha mãe parecia não estar ouvindo. Havia um som distante de britadeiras e martelos no estacionamento do aeroporto, volta e meia abafado pelo trovão escandaloso de algum avião que pousava. "Puta que o pariu, Romualdo", ela disse um tempo depois, numa voz calma e resignada. "Não adianta combinar nada com vocês." Botou minha irmã no banco da frente da caminhonete e pediu a ele que me explicasse como segurar bem na caçamba para não cair.

Havia um cheiro forte de queimada no ar, e receber as rajadas de vento quente na cara era prazeroso. Por longos trechos vi só casas esparsas, todas com teto de palha, interrompidas vez ou outra por algum outdoor melancólico de drogaria ou cursinho pré-vestibular. Torci para que o sol não descascasse minha pele, para que meus tios e primos não caçoassem de mim depois. As árvores miúdas e as planícies terrosas evocavam uma viagem de carro que tínhamos feito certa vez ao Meio-Oeste americano. "Eu e minha família somos de um lugar que é mais ou menos como Iowa", minha mãe havia dito a Myriam Thornton, sua orientadora na Universidade da Pensilvânia, a quem ela nunca se referia pelo primeiro nome. Thornton era gentil e seca, tinha acreditado na minha mãe e a incentivado com muitas verbas de pesquisa; mas, naquela noite, enquanto estávamos sentados ao redor da mesa de jantar — meu pai cortava tiras de espinafre e pedacinhos de alho, batendo a faca na madeira —, ela começou a rir de forma estridente. E meu pai, sempre atento a essas pequenas oportunidades, começou a descrever o lugar de nascimento da minha mãe com um ânimo sarcástico — falou do calor, da falta de voos diretos, da música sertaneja que tocava numa altura ensurdecedora nas pracinhas. "Aquilo lá é terrível, terrível, você não tem ideia, Myriam." Falava no seu inglês estranho, um sotaque meio britânico que, hoje, desconfio que ele inventou para si mesmo. O rosto da minha mãe se contorceu numa fúria muda; o único jeito de ela sentir saudades da sua terra era quando ele falava mal de lá. Mais tarde, ao som baixo de um disco natalino de Mario Lanza, ela quebrou alguns pratos na parede da cozinha.

Agora sua risada aguda chegava a mim diluída pelas rajadas de vento. Olhei pela janelinha da caçamba e vi que Romualdo abria e fechava a palma da mão direita, como se falasse de alguém que falasse muito. Ele tacou um saco de pipoca pela janela; depois jogou uma latinha de Coca-Cola, que rodou e quicou no asfalto até ser destroçada por um caminhão que vinha atrás. Eu fitava minha mãe para checar sua reação (na Filadélfia, nos instruía obsessivamente a nunca jogar lixo na rua); mas ela seguia tranquila, rindo e conversando, minha irmã dormindo no seu colo.

Quando chegamos na Otiles Moreira, a rua do meu avô, um grupo de meninos, todos de chinelo e sem camisa, interromperam o bate-bola para deixar a caminhonete passar. Ficaram me olhando enquanto o portão de ferro abria. Eu lembrava de alguns rostos, mas fingi me interessar pelas malas na caçamba. O portão demorou uma eternidade para abrir. Quando a caminhonete finalmente avançou, alguém mais distante na rua gritou: "Ei, como é que fala buceta em inglês?", e umas risadas benignas ecoaram.

Eu também ri, mas meu riso era nervoso. Sentia um misto de vergonha e orgulho pela nossa volta ao país (dessa vez não eram só férias), e pela casa imponente e feia do meu avô. Vergonha e orgulho: sentimentos constantes naquela época, indissociáveis. O portão de ferro longuíssimo e a antena parabólica toda enferrujada davam à casa um ar de autoridade antiestética, como se a feiura ali fosse meio intencional, algo como um centro de detenção num país menor do Leste Europeu. No muro da frente, um muro de tijolinhos vermelhos, pequenas taturanas brancas subiam até o topo, caíam e depois subiam outra vez com esforço, Sísifos do cerrado. Nunca esqueci da vez em que meu primo pegou uma na mão, sem medo, e a esmagou até que um líquido pastoso brotasse. "Pronto", ele disse. "Acabou a putaria."

Meu pai demorou meses para nos ligar. "Oi, filhinho, tá

gostando da escola?", disse, com sua voz obsoleta. Ninguém sabia direito onde ele estava morando desde a separação. Quis conversar em inglês comigo, não sei bem por quê, e me senti um pouco estúpido ao fazer isso no corredor, onde parentes e os empregados do meu avô transitavam. Não tínhamos muito que conversar. Fomos e voltamos no assunto da escola nova.

Contei a ele que parecia uma prisão (minha ideia de prisão vinha dos seriados americanos que eu via na Filadélfia), com corredores pequenos e escadas muito estreitas, grades em todas as janelas, e um pátio de concreto. Falei sobre a maior novidade que eu aprendi por lá: o Brasil era maior que os Estados Unidos. "Com o Alasca e o Havaí, acho que não", ele me corrigiu. Um pouco para rebatê-lo, contei que a professora falou também que o Mato Grosso era maior que o Texas, o maior estado americano. Ela nos explicou que da capital do Mato Grosso até a capital de Goiás a distância era mais ou menos de mil quilômetros — a mesma distância entre Marselha, no sul da França, até a Normandia, no norte. Sem contar que cabiam várias Holandas, Bélgicas e Luxemburgos ali. "E o que se faz nesse espaço todo?", meu pai perguntou, e notei que seu tom tinha mudado.

Depois daquela ligação, repleta de chiado e de vozes que cruzavam a linha (as vozes, alegres e verborrágicas, tornavam nossos silêncios ainda mais desconfortáveis), meu pai começou a ligar toda semana. Nunca disse onde estava. Mas, de todo modo, nos falávamos cada vez menos — ele dava um oi rápido para mim e para a minha irmã, e em seguida dizia para chamarmos meu avô. Minha mãe nunca mais falou com ele; ela cortara todo contato, e pedia ao meu avô que fizesse o mesmo. Se irritava quando, da mesa da sala, ouvia as risadas e os espasmos catarrentos do pai, divertindo-se com alguma anedota do ex-genro.

Meu avô guardava dinheiro na terceira gaveta do seu armário. Eram bolos e mais bolos de notas amarradas com elástico, todas engordando algum envelopinho branco. Cada envelope tinha um título escrito numa letra imensa e feia (me surpreendia que a letra de uma pessoa mais velha fosse tão parecida com a minha). Alguns dos títulos eram simples ("Posto", "Cartório"), outros mais crípticos ("Ditinho p Maria e 3 Sto Antonio", "obra Cristo Rei"), e outros mais gregários, românticos ("Turma do Dom Bosco", "Festa de são Benedito"). Eram muitos envelopes. Meu avô arrastava suas sandálias puídas pelo quarto e se agachava com dificuldade para pegar as notas; eu gostava de vê-lo separando e organizando o dinheiro. Certa vez, ele perguntou se eu queria ajudá-lo a contar. Mas quando notou meu fascínio com as cédulas, a forma como eu estudava e escrutinava a superfície de cada uma, pareceu se assustar. "Não vale nada, isso aí", disse, desconversando, puxando as notas de volta. "Dólar vale muito mais."

Esse dinheiro mudava o tempo todo. Nas férias, quando voltávamos ao país, sempre havia alguma moeda nova em circulação (cruzados novos, cruzados velhos, cruzeiros — embora meu avô, com certo instinto pragmático, se referisse a tudo como "réis"). Mas mesmo as notas novas pareciam todas velhas. Tinham a cor gasta, a textura frágil, e eu tinha medo de segurá-las com muita firmeza porque parecia que elas iam se dissolver na minha mão. Tampouco dava para ver bem o rosto das pessoas nas cédulas. Os contornos e as linhas da face tinham se perdido no tempo, pareciam todos fantasmas (o que de fato eram). Na superfície das notinhas, às vezes havia poemas do Drummond e do Neruda e outros poemas amadores escritos à caneta (o sentimentalismo e a ansiedade dos versos crescendo à medida que o valor diminuía). Uma vez, já mais velho, vi o desenho de uma suástica. Colocado entre outros dois desenhos — um pinto jorrando esperma e um coraçãozinho alado —, o símbolo perdia algo da sua ominosidade. Assim as ideologias políticas chegavam ao Mato Grosso: todas arrebentadas e distorcidas no transporte.

Um dia meu avô me deu alguns envelopes e pediu que os guardasse na mochila. Romualdo passou para nos buscar com a caminhonete, e seguimos até Santo Antônio. Lá paramos na casa de uma tia-avó, e eu distribuí os envelopes a parentes sentados na varandinha dela, aprendendo e imediatamente esquecendo o nome de cada um conforme entregava o bolo de dinheiro. "Deus te abençoe", eles me diziam, "agora fala alguma coisa em inglês para o primo ver."

Antes, no caminho para Santo Antônio, a caminhonete tinha saído duas ou três vezes da rota principal e se desviado para estradinhas de terra mais estreitas, cheias de poças lamacentas sobre as quais pairavam nuvens de mosquitos. Moradores das casas — umas eram blocos de cimento sem pintura; outras, barracos de madeira com teto de palha — levantavam os olhos e nos fitavam com uma expressão inerte, parando de chupar manga ou de martelar pregos laconicamente num pedaço qualquer de madeira, e até que a caminhonete passasse, não voltavam ao que estavam fazendo. Numa ou noutra casa, Romualdo encostava. Enquanto meu avô ficava na caminhonete ouvindo algum jogo do campeonato estadual na rádio, bem baixinho, como se o volume diminuído o ajudasse a se concentrar, ele descia. Abria a caçamba e tirava sacas de arroz e farofa, sacões de verdura e bocaiuva, mudas de coentro. Abria também os caixotes mais pesados, cheios de gelo. De lá tirava pintados e pacus (os peixes estavam sempre congelados em posições assimétricas, com o rabo encurvado, como se tivessem sido cristalizados enquanto nadavam), e pernas de carneiros e cabritos (os músculos sinuosos e cinzentos dos bichos me davam uma tristeza difusa). Um cheiro terroso e ácido, meio apodrecido, tomava conta de tudo. Um monte de crianças se aproximava da caminhonete, e Romualdo, irritado pelo esforço físico, entoava uma risada agressiva. "Vão ficar olhando que nem bocó? É tudo pra vocês, neném..." Puxava então os caixotes mais pesados e saía trombando com as pessoas, como se quisesse derrubá-las. "Sai, sai, sai, se não for ajudar deixa eu passar, caralho." Exausto, suando em bicas, tirava a camisa, deixando à mostra na sua pele preta duas manchas cor de caramelo, entre a costela e a cintura. Eram marcas que lhe davam uma distinção ambivalente, um pouco como aquelas manchas grandes e escuras de nascença onde brotam dois ou três fios de cabelo — fui descobrir depois que eram cicatrizes de bala.

Nos instalamos (nos instalaram) num quarto com três camas de solteiro, e na época não notei o poder metafórico desse arranjo. Minha mãe tinha acabado de terminar seu doutorado em linguística na Universidade da Pensilvânia, e para ela — separada e sem emprego aos quarenta e poucos anos — o simbolismo talvez fosse óbvio. Uma cama de casal, porém, com sua sugestão de pena e empurrão da família para um segundo casamento, teria sido pior.

O Comunista, o irmão mais velho do meu avô que dormia no quarto ao lado, teve que retirar os livros dele do recinto. Eram catatais de filosofia e exemplares antigos do *Estadão*. Mais velho, quando comecei a escrever, fui atrás dos seus livros e notei que ele tinha muitas obras menos conhecidas de grandes escritores (*Free Fall*, de William Golding; *Uma confissão*, de Tolstói; *O crocodilo*, de Dostoiévski). Era como se um crítico lhe tivesse explicado o que era descartável da obra de cada um e ele, só de birra, tivesse tido um dos seus "ataques neurastênicos" (como minha avó às vezes os descrevia), decidindo seguir na direção oposta. Chegava de manhãzinha para retirar os livros, quando ainda estávamos na cama, e o barulho que fazia ao mexer nas estantes — um roça-roça que lembrava o passar de rodo de Joelma — era hipnótico, me levava a querer dormir mais. "Estamos aqui ainda", minha mãe dizia às vezes, bocejando, para que ele saísse do quarto. Ele então olhava para a cama e, com os lábios trêmulos, arregalava os olhos num susto ambíguo; pela sua expressão, nunca ficava muito claro se pedia desculpas pela invasão matinal ou se achava que nós, ao tomar um espaço que fora dele, é que éramos os invasores.

"Estamos aqui", minha mãe repetia, depois que ele saía do quarto — agora numa voz mais baixa, como se quisesse convencer a si mesma.

Naqueles primeiros meses, minha mãe e meus tios trocaram o número de telefone da casa várias vezes. Convocaram advogados da família, mobilizaram procuradores do Estado. De nada adiantava; meu pai seguia ligando para falar com meu avô e pedir dinheiro; e às vezes, com panache macabro, ligava a cobrar. Falavam que meu pai chorava no telefone, que dizia sentir muita falta de mim e de minha irmã. Mas ele nunca dizia onde estava. Meus tios compraram um identificador de chamadas e logo descobriram que algumas das ligações vinham de Assunção, no Paraguai. Não havia muito que fazer com essa informação. Serviu apenas para aumentar a ansiedade de todos, que achavam que a qualquer momento ele iria cruzar a fronteira e vir chorar aos pés do meu avô. E aí sim estaríamos todos fodidos, meu tio disse, porque o vigarista pediria um valor muito maior, o filho da puta. Uma ou duas vezes, conhecidos disseram tê-lo visto tomando café da manhã no El Dorado, o melhor hotel da cidade. ("É a cara dele, né?", minha tia disse.) Mas esses relatos não eram confiáveis; eu sabia quão camaleônica era sua aparência — seu mimetismo furtivo, seu caráter etéreo, a forma como absorvia maneirismos, sotaques, e se desfazia deles, pareciam lhe dar a habilidade de mudar até seus traços físicos. Podia se transformar em qualquer coisa se quisesse, e por isso não era nada. Seja como for, eu fantasiava uma cena com ele chegando na casa do meu avô, saindo na porrada com meus tios, com Romualdo, com os empregados, indo lá na terceira gaveta do armário e pegando um envelopinho para si, manchando-o de sangue. A cena obviamente nunca aconteceu, e para a família acho que foi pior, porque a iminência permanente de uma visita desagradável é sempre pior do que uma visita desagradável.

"Isso que o seu pai faz se chama extorsão", minha mãe me dizia, nervosa; e, de novo, a palavra parecia evocar algo sofisticado, e não exatamente maligno. Na verdade, eu nunca vi, naquela terceira gaveta do armário, nenhum envelope endereçado a ele. Quando perguntei à minha mãe a razão, ela riu com amargura. "Com ele é só transferência altíssima. É trinta, quarenta pau, no mínimo, toda vez."

Foi pela curiosidade banal de ver algum arroubo de emoção dele que, com discrição — ou melhor, com a ideia caricatural e bastante indiscreta de discrição que uma criança possui —, comecei a tirar do gancho o aparelho da sala quando ele ligava para o meu avô. Acho que meu avô sabia e deixava. Falavam tanto do choro do meu pai no telefone, que eu queria ouvi-lo. A única vez que o vira chorar tinha sido num sinal fechado da avenida Santo Amaro, durante umas férias que passamos em São Paulo, na época em que ainda vivíamos nos Estados Unidos. Um rapaz se aproximara da janela do carro para lhe vender flores, sacara uma 38 do casaco e apontara a arma para a sua cabeça. Tudo aconteceu muito rápido (e também muito lentamente); e foi só depois, já quase no fim da avenida, enquanto uma chuva ácida fininha caía e o trânsito empacado frustrava sua vontade de acelerar o carro, que meu pai começou a chorar. Emitia um grunhido grave e esquisito, rítmico, um soluço catarrento que se confundia vagamente com as buzinas do lado de fora — era como se pela primeira vez notasse a disponibilidade dessa emoção mais atávica. "País de merda. Paisinho de merda", ele dizia à minha mãe, no seu sotaque estranho, enquanto esmurrava o para-brisa e soltava seu grunhido. "Vamo embora dessa merda de país. Que merda esse seu país, hein?" Quando estacionamos e descemos do carro, minha mãe pegou no meu braço e disse, bem alto, para que ele ouvisse: "Quantas vezes eu pedi para ele deixar o Rolex no hotel?". Meu pai acelerou o passo, foi se afastando mais e mais da gente na calçada, e quando finalmente entrou no lobby do hotel, minha mãe aumentou o tom. "O que que eu falei!", ela gritava. "O que que eu falei!"

Eu passara a infância no país mais capitalista do mundo, mas a prosperidade americana que eu conhecera era estéril; irradiava apenas os apelos urgentes e efêmeros do consumo. Havia os bonequinhos Comandos em Ação, com suas expressões belicosas e fatigadas de exército, jogados num canto do meu quarto apenas algumas semanas depois de terem sido comprados; havia a arara tropical de pelúcia da minha irmã, que, com um gravador enfiado nas tripas, repetia, sempre num tom sinistro, nossas frases em português com sotaque. O isolamento pastoral do bairro na Filadélfia me manteve numa redoma de inocência sobre o drama do dinheiro; nunca tinha pensado nele realmente. E, na casa dos meus avós, comecei a me sentir cada vez mais ingênuo e ignorante quando meus primos (alguns deles mais novos do que eu) conversavam sobre grana. As conversas sobre sexo, um assunto no qual eu tampouco era versado, não me incomodavam, porque o amadorismo de todos à minha volta era patente.

Mas nas conversas sobre dinheiro meus primos exibiam uma autoridade incomum, como se tivessem de fato adentrado um aspecto fundamental da existência que eu até então desconhecia.

Discorriam sobre os terrenos do meu avô, o cartório, o posto de gasolina, sobre os colegas de escola que eram netos de um ex-governador ou deputado federal que tinha enriquecido ilegalmente ("O avô do Felipe tem três banheiros, todos com cachoeira", Marco, meu primo mais velho, disse uma tarde). Falavam de imóveis, de carteira assinada e FGTS, diziam coisas como "desembargador", "empreiteira", "suplente do Tribunal de Contas da União", enchendo de vitalidade e drama essas palavras insossas. O dinheiro exercia alguma função narrativa que eu não entendia bem; era como a memória, ou a história. Ainda hoje, quando noto um viajante brasileiro, argentino ou chileno no aeroporto, demonstrando aquele afeto mudo e concentrado por seus produtos — abrindo a caixinha de óculos com cuidado; estalando os botões distintos de uma maletinha de couro com lentidão, com mais prazer do que pressa por ter de buscar seu documento em outros compartimentos —, sinto-me meio perdido, como se estivesse assistindo a um ritual além das minhas capacidades interpretativas — um pouco como nos diálogos dos personagens de Kawabata, naqueles chás cerimoniosos, onde ainda que se aprecie a beleza estética da cena, tem-se a impressão vaga de estar perdendo algo. Meus primos gostavam sobretudo de discutir a construção da piscina dos meus avós, quanto tudo aquilo tinha custado: os contratos, cimento para a obra, transporte das cargas. Essa piscina, tão adorada por eles, tinha o formato de uma lágrima — a água era turva e esverdeada, e folhas secas flutuavam na superfície. Bocaiuvas caíam do pé e rolavam até o fundo; depois elas escureciam, e, encharcadas, com a textura já mais áspera e peluda, as bolinhas de fruta pareciam pedaços de cocô dos quais tínhamos que nos desviar.

Às vezes, primos e parentes distantes chegavam de Sorriso ou Poconé para falar com meu avô. Vinham bem-vestidos e com alguma criança a tiracolo. As crianças, com meias compridas, sapatinhos e gravata, tinham um ar tosco de belle époque. No colégio novo, eu havia sido obrigado a vestir uma roupa pseudoeuropeia parecida para tirar uma foto coletiva; e portanto reconhecia aquele olhar manso de humilhação nas crianças — embora houvesse nelas, também, uma humilhação mais potente e difícil de articular na sua idade: a de ver o pai ou a mãe pedir dinheiro. Era justamente o que meu pai fazia, mas, por alguma razão, nunca consegui me colocar no lugar delas.

Nessas visitas, em geral o parente falava de algum plano de negócio — exportação de licor de pequi, pecuária de carne de avestruz — e assegurava ao meu avô que o dinheiro seria investido sabiamente. Meu avô ouvia tudo com paciência, mas duvido que se importasse. Não acreditava muito em ideias de negócios: só pareciam dar certo em filmes. As peças de Nelson Rodrigues e os filmes de Mazzaropi o tinham enchido de um cinismo feliz. "No Brasil se ganha só com o Estado." Quando cansava das histórias dos primos, se levantava com esforço e arrastava as sandálias puídas até a mesa do telefone; lá, sentava ofegante e desistia de seguir até o quarto. "Nega!", gritava para a minha avó, que, no quarto do fundo, murmurava preces com o terço na mão. "Nosso primo tá esperando. Pega o envelope lá do lado do santo!"

Meu avô tinha a pele morena clara e um tufo muito delicado de pelos no meio do tórax, e na sua barriga grande e dura havia uma cicatriz longilínea e de formato elíptico — da qual sempre me lembro quando vejo desenhos do Miró. Essa cicatriz tinha algo a ver com alguma úlcera do passado, que minha mãe e meus tios sempre evocavam graficamente ("Ele voltava dos correios e vomitava sangue na privada!"). Acho que era uma tentativa de nos mostrar o quanto ele tinha sofrido para ganhar sua fortuna.

Mas era muito plácido em relação a seu dinheiro, sem grandes arroubos de culpa ou paixão. Sua explicação para o acúmulo era simples. "Ganhei a concessão do cartório e começou a cair na conta que nem água."

Estávamos um dia na saída do colégio, naquele ritual universal e desconfortável de esperar os pais. Cauê me perguntou como eram os carros nos Estados Unidos. "Bem melhores", respondi, e a obscuridade da minha resposta era intencional, pois embora eu gostasse de decifrar a logomarca do carro do meu pai, nunca tinha prestado muita atenção em outros carros. As crianças fitavam os veículos com expressão concentrada e um ar esnobe, sussurrando elogios ou emitindo risadinhas maldosas, embora nem sempre um carro arrebentado fosse sinônimo de crítica — o Opala preto e sem calotas do Mendiguinho, por exemplo, um colega de sala nosso, causava certa sensação. Ser julgado pelo carro dos pais era inescapável. Por alguns segundos, ao entrar no banco de trás ou da frente, escalas de valores e hierarquias anteriores se dissolviam, carcomidas pelo simbolismo do veículo. Cauê, um menino arrogante e meio manipulador, traficante de palavras do mundo adulto, era sempre diminuído pelo Kadett prata arranhado da sua mãe, que tinha um tufo de espuma melancólico saindo do banco da frente. Quando entrava no banco de trás, Cauê se tornava esse tufo de espuma. Batia a porta com um olhar distante e resignado. Já o Mendiguinho, mais inseguro e reservado, assumia o ar bonachão e ríspido do Opalão preto no qual subia, e ganhava uma confiança fugaz. "Falou, gente!", gritava, batendo a porta com força excessiva, a voz fininha engolida pelo ronco grave do motor.

Romualdo às vezes vinha com a F-1000 prata do meu avô. Mal chegava, eu já jogava a mochila na caçamba e subia; e aí Romualdo, que talvez entendesse a importância do teatro naqueles momentos, dava uma ou duas aceleradas com o carro ali parado. Às vezes ele dirigia sem camisa, com a barriga grande encaixada no volante e seus buracos de bala à vista; a marcha longa e fininha da F-1000 tremia sem parar com a força do motor.

Alguns meses após nossa volta dos Estados Unidos, minha mãe comprou um Golzinho 1000 verde. Quando Cauê viu o carro pela primeira vez, perguntou, com maldade especulativa, o que tinha acontecido com a F-1000. "Tá na garagem", respondi. "Mas por que a sua mãe não pede um carro melhor para o seu avô?", ele retrucou, e lembro que a pergunta me desconcertou não pela sugestão de que o carro da minha mãe era ruim (o que eu já sabia), mas pelas premissas que carregava (como ele sabia quem era meu avô? e por que minha mãe teria que pedir algo para o meu avô?).

"Melhor ser burguês esclarecido do que novo-rico metido a aristocrata", eu disse, depois de pensar um pouco. Era uma frase que minha mãe usara um dia num almoço, quando meu avô, com seu jeito direto e pretensamente inofensivo, comparou o salário baixo que ela recebia como professora universitária com o de um primo dele que enriqueceu no ramo de revenda de pneus e amortecedores no Rio de Janeiro. Eu não tinha ideia do que a frase da minha mãe significava, mas seu tom cortante, de sarcasmo triunfal, me fizera guardá-la na cabeça para um possível uso futuro.

Cauê não entendeu. Ele tinha gosto em contrabandear conceitos adultos e expressões chulas, mas vi pelo seu olhar morto que até para ele a frase era misteriosa, oblíqua demais. E, notando que minha frase não surtira o efeito desejado, me sentindo vagamente humilhado pelo que ele dissera antes, apelei para algo mais direto: "O meu pai tem um Alfa Romeo".

* * *

Mais que pelos bonecos da Estrela, mais que pela piscina com bocaiuvas, criei afeto, naqueles meses, por aquele Golzinho. A pintura verde cintilava debilmente no sol forte, como se o carro fosse um holograma instável; e o cheiro de fábrica, pungente e poeirento, nunca ia embora. Eu e minha irmã pedíamos à minha mãe que fechasse todas as janelas e ligávamos o ar no talo. Aproximávamos então o rosto da saída do ar e levávamos as rajadas de vento na cara com gosto. Mas o carro não tinha ar-condicionado. Aquilo era apenas um ventilador, e minha mãe, ao nos ver repetir esse ritual toda manhã, levando jatos de ar quente na cara, dava uma risada nervosa, em que a comicidade parecia misturar-se a certo terror. Às vezes ela perdia a paciência e, com gotas de suor no buço e na testa (geradas pelo sol e pelo ventilador quente, mas sobretudo pelo esforço de empunhar uma direção não hidráulica), dizia: "Desliga essa merda aí".

O Gol tinha sido comprado em várias prestações. O motor 1.0 era tão fraquinho que nem era mais comercializado nos Estados Unidos, só aqui no Brasil mesmo, minha mãe disse, com desprezo pela economia nacional. Mas ela não conseguia esconder o prazer que sentia em agora ter um carro só dela e não depender mais de Romualdo ou dos empregados do cartório. Passara num concurso para ser professora na Federal, e as primeiras economias tinham sido todas gastas no Gol. Talvez estivesse revivendo, aos quarenta e poucos anos, a alegria trêmula da primeira independência financeira. Logo sairia da casa dos pais. E eu e minha irmã embarcamos nesse novo ânimo. Ligávamos o ventilador na potência 4; pedíamos a ela que desse voltas conosco no estradão da Chapada, no fim da tarde, quando as primeiras luzes da cidade apareciam no horizonte, pálidas e tímidas em meio ao poente violento. O sol se decompunha em rosas, roxos e amarelos enquanto ouvíamos a estação de música clássica — e quando tocava alguma música específica, para mim perfeitamente igual às outras, minha mãe trocava a estação, porque, dizia, não queria lembrar das afetações do meu pai e da última mentira dele, a de que seria transferido para Frankfurt por conta do seu novo emprego inventado num novo banco inventado. Trocava a estação e se via encurralada por sertanejos, axés, e propagandas estridentes de varejo. Foi assim que aprendemos a desligar o rádio e apreciar o silêncio.

Nessas voltas longas, sem olhar no retrovisor, ela dizia que não queria mais falar sobre o meu pai. Ele tinha estragado a nossa vida, tudo bem, tinha aniquilado o nosso patrimônio ("O patrimônio seria de vocês também, entendem isso?"), mas não fazia sentido ficar listando tudo que tínhamos perdido. Tinha gente com vida pior, não é — quem éramos nós para reclamar? Foi mais ou menos nessa época que ela começou a chamá-lo de louco. Atribuir-lhe uma patologia a acalmou um pouquinho. "Ele é louco", ela dizia, resignada, no mesmo tom penoso que usava às vezes para descrever a vida dura de alguns dos empregados do meu avô e de d. Madalena, nossa vizinha pobre. Não, não vale a pena listar tudo que ele jogou fora, ela dizia, ficar lembrando disso não adianta nada para nós. E então começava o inventário: a fatia do apartamento do Leblon, o terreno no Boa Esperança, a participação no posto de gasolina, o mestrado em economia na Temple University, a casa em que vocês nasceram etc. etc.

O veredito da loucura do meu pai foi bem recebido pela família, embora meus tios preferissem chamá-lo de sociopata. A palavra ainda não era um clichê. Tinha um som misterioso e clínico, que ajudava a manter meu pai a certa distância — torná-lo mais asséptico do que de fato era e tirá-lo da categoria mais abrangente de loucos, que incluía parentes e conhecidos pelos quais minha família tinha algum afeto.

A loucura era tão onipresente nas conversas, que se empregava um termo específico para ela. Dizia-se não só que alguém era variado, mas que estava variando, ou que tinha variado em determinada época, como se a insanidade fosse uma espécie de gripe forte, na qual se entrava e saía sazonalmente. Havia Mumuco, um conhecido de Tangará da Serra, que abandonara a carreira de deputado estadual para se enfurnar no galinheiro, onde chupava bocaiuva o dia todo e lia e relia *Em busca do tempo perdido* ("Fica lá lendo Pruuust baixinho", Betinho, meu tio mais novo, dizia). Havia Bravo França, um primo distante que sempre convidava meu avô para tomar guaraná ralado e, ao encontrá-lo, abria o cofre da casa. "José, primo querido", Bravo França dizia, enquanto espalhava notas e mais notas de dinheiro na mesa de vidro da sala. "Você, como bem se sabe, gosta de ficar dando dinheiro pros outros por aí; mas eu, José, eu gosto mesmo é de guardar." Bravo França pegava então o bolo de notas e levava-o às narinas, dando fungadas rápidas e intensas, como um cachorro. Certa vez, não se aguentou e enfiou um bolo inteiro na boca. Começou então a mastigar as notas lentamente e, com uma expressão parcimoniosa, explicou ao meu avô que o gosto umedecido das cédulas era meio metálico, parecia até com sangue.

Nos almoços, todos se acusavam jocosamente de terem variado num momento ou outro da vida. O alvo mais comum era o Comunista. Às vezes ele fechava as cortinas e se trancava no quarto por dias. Joelma depositava então no pé da sua porta um pratinho de arroz, feijão e carne com quiabo — a única combinação que ele aceitava comer nessas fases depressivas. Quando saía do estupor, o Comunista contava a todos a história de Potemkin, um assessor sagaz e brilhante de Catarina, a czarina russa. Potemkin enfrentava períodos de melancolia profunda e se fechava no seu canto do palácio por meses, deixando toda a corte confusa e sem direção — uma confusão agravada pelo fato de que Catarina não gostava de ouvir menções aos episódios depressivos do seu chanceler. "O Potemkin voltou, gente, o Potemkin voltou." Ninguém entendia muito bem a analogia do Comunista (nós éramos a corte, os imbecis perdidos sem ele?), mas o mero ato de contar essa anedota na mesa parecia revigorá-lo.

Só meu avô se mostrava cético em relação à loucura. Não acreditava muito nela. "Dá uma nota de mil-réis pro fia da puta", ele dizia, levando a colher de sopa à boca. "Dá uma nota de mil-réis e quero ver ele queimar." Ler Proust no galinheiro, se trancar no quarto por dias e noites: isso era teatro muito fácil de fazer. O grande teste para quem parecia variado era queimar dinheiro. O dia em que ele visse alguém queimar uma nota de mil-réis à toa, meu avô dizia, era o dia em que começaria a acreditar de verdade na loucura. Nós todos ríamos enquanto meu avô lançava essa teoria, e, talvez por seu uso excessivo do verbo "queimar", meu olhar acabava sempre se fixando no quadro acima da cabeça dele, ali bem na cabeceira da mesa: era Jesus, com o coração enfiado numa coroa de espinhos, uma fogueira de chamas em volta do seu órgão bombeante. Quanto a Bravo França, meu avô nos lembrava, quanto a esse meu primo, bem, vocês todos sabem da história.

Na última tarde em que foi à mansão do primo, um pouco antes de morrer, conversaram na biblioteca dos fundos, onde ficava o cofre. Depois percorreu o trajeto pelo corredor com chão de tacos até o trecho de pedregulhos sombreado por amendoeiras e mangueiras que chegavam à rua (um remendo que não deveria ter sido aprovado pela prefeitura). Havia, mais para a lateral da casa, uma janelinha que dava para uma área de serviço cheia de panelas fumegantes e empregados que entravam e saíam da casa com pressa; e foi lá que, antes de seguir seu caminho, meu avô viu o primo, franzino e catatônico, olhando para baixo. Não sabia bem por quê, mas na hora lhe bateu uma curiosidade e ele decidiu observá-lo mais de perto. Se aproximou da janela e então notou que a expressão do França não era inerte: estava na verdade muito concentrado e se inclinava sobre a tábua de passar, com o ferro na mão. "Chaque, chaque, chaque", meu avô disse, mimetizando com sua mão trêmula o gesto de passar a ferro. "As notas que ele tinha comido tavam agora tudo lá, tudinho, tudinho, vocês tinham que ver — não tinha mais um só vinco."

Meu pai não era louco. Às vezes ele parecia ser outra coisa: alguém sem monólogos internos dramáticos ou conflitos muito profundos. Seu talento para captar códigos, maneirismos e sotaques de outros países parecia às vezes ser apenas o efeito colateral de um vazio maior, de certa falta de interioridade. Lembrava-se de passagens soltas dos livros do mestrado que abandonara na Filadélfia (Paul Kennedy, Samuel Huntington), e deslizava habilmente sob a superfície gélida de muitos tópicos sem nunca fincar o pé e afundar. Dizem que era bonito; sobre isso não posso opinar: é impossível julgar a beleza dos pais. Era o oposto do meu avô, que só se interessava por algumas poucas coisas, e sempre com abandono passional. No telefone, meu avô falava dos planos de reerguer o Dom Bosco, do que era preciso fazer para o clube voltar a ser uma força no futebol mato-grossense, do novo pesticida importado que ajudaria a conter os cupins que dilapidavam o CT.

A culpa de tirar o telefone do gancho me corroía, mas as conversas do meu pai com meu avô eram na verdade bastante tediosas. Comecei a desconfiar que o drama excessivo que atribuíam ao meu pai talvez fosse invenção dos tios. Estava a ponto de desistir de ouvi-los quando uma tarde afinal ele chorou. Pedia grana para se "restabelecer de vez". Agora não era um grunhido grave, e sim uma rajada fininha, tão atonal que quase parecia uma risada (hi, hi, hi, hi). Nunca descobri qual dos choros dele era o falso.

Na época, eu ainda estava sob o efeito narcótico das séries americanas a que assistia, com seus desfechos amarradinhos e arcos narrativos; queria forçar um fim para a história toda. Tinha também razões mais egoístas para isso. Sentia que a obsessão do meu pai pelo dinheiro do meu avô desvalorizava minha moeda, a moeda da minha mãe, a moeda da minha irmã. Os empregados, os primos, os tios: todos nos tratavam cada vez mais com um afeto penoso e condescendente. Esse afeto — não sei se era afeto, exatamente — me dava medo; era como se estivéssemos muito perto de um fracasso imenso (fracasso no quê, eu não sabia bem). Meu avô falava do salário baixo da minha mãe, de como intelectual não ganhava nada, e esse era o único momento em que seu cinismo alegre me doía. Começou a brotar em mim então uma fantasia da qual, tenho vergonha de admitir, ainda não me livrei completamente: a de me tornar um intelectual rico.

Eu o abordei antes de ele ir à missa de são Benedito. Eram aproximadamente cinco da manhã, dos poucos horários em que poderia encontrá-lo sozinho, já que o Comunista, minha tia-avó Heleninha, minha mãe, Betinho, as empregadas e até minha avó (que acordaria dali a quinze ou vinte minutos) estavam dormindo. Nessas horas, a casa ficava sob uma penumbra azulada, e o assobio plácido do meu avô formava com o canto dos galos e os latidos esparsos dos cachorros no quintal um mosaico sonoro bonito e ao mesmo tempo triste, um pouco como uma flauta numa fábula infantil.

Encontrei-o se aprontando para a missa, com o cabelo branquíssimo úmido e todo penteado para trás (era sempre um susto notar, nas fotos antigas, que seu cabelo já era assim, todo branco, desde a época do quartel). Ajeitava o bigode (também branquíssimo) no espelho do banheiro. Sua camisa estava entreaberta, os riscos do Miró à vista na barriga grande e dura, e ainda vestia só cueca e meias, com as varizes — uma topografia de rios e deltas azulados e esverdeados que me fascinavam — também à mostra. A luz do quarto estava acesa, minha avó roncava brutalmente, e no fundo se ouvia o ruído bem baixinho da tevê ligada.

Vê-lo assim, aparentemente vulnerável, me ajudou a tomar coragem, e pedi, de supetão, que parasse de dar dinheiro ao meu pai. Eu disse (sem acreditar) que meu pai era louco, que era uma pessoa "incorrigível". E avisei que se continuasse dando dinheiro para ele, aquilo não iria acabar bem, não havia limites para o meu pai, quem se acostumava a ganhar as coisas de mão beijada não se desacostumava nunca.

Eram todas frases que eu pescara no ar, frases soltas da minha mãe ou dos meus tios — uma espécie de resumo do que se falava indiscretamente na casa. Enquanto fazia essas súplicas ao meu avô, senti o embaraço agudo de dizer frases alheias: a autoconsciência impostora que se impõe quando usamos a linguagem e as expressões dos outros. Pensei em lhe confessar rapidamente que havia escutado algumas das suas conversas no telefone; mas tão logo pensei isso, já decidi que iria à missa no domingo para rezar e compensar de forma um pouco mais discreta essa desonestidade. E eu sabia que ele sabia que eu ouvia as conversas; ele sabia que eu sabia que ele sabia.

Por um momento, vendo sua expressão pensativa enquanto arrumava o bigode no espelho, achei que estava processando mentalmente meu pedido, e que lançaria mão de alguma anedota longa, ou de provérbios de Maquiavel ou de Marco Aurélio adaptados a um linguajar mato-grossense para acatar ou negar meu pedido, como fazia às vezes com os primos de Poconé e Sorriso que o visitavam. Mas ele apenas se aproximou e pegou a minha mão. Colocou seus dedos entre os meus e apertou forte o suficiente para que eu achasse engraçado, mas não forte o suficiente para me machucar — uma brincadeira afetuosa dele que sempre me fazia rir. "O dinheiro é meu, dotô", disse, enquanto apertava meus dedos e me fazia gargalhar muito, "quando ocê tiver o seu dinheiro ocê faz o que quiser." Em seguida abriu a terceira gaveta do armário, sacou uma nota de lá e me entregou. "Compra uns Eskibons para sua vó, pra depois da missa, e uns Chicabons para você."

Na superfície da nota havia o desenho de um pequeno rosário e as primeiras frases do pai-nosso. O valor me parecia excessivo para comprar picolés, mas a inflação já tinha me confundido antes. No fundo do quarto, minha avó ainda roncava alto, enquanto um anúncio da tevê citava os preços de cortes bovinos: patinho, maminha, coxão mole, coxão duro. O supermercado Boizão enlouqueceu, o garoto-propaganda dizia, numa voz pretensamente insana. Está todo mundo louco aqui, louco, louquinho da silva, gente, aproveite já, agora que todos os preços baixaram.

2.

Nós o chamávamos de Mendigo, Mendiguinho, e a força do apelido era tanta que já não me lembro do seu nome. O Mendigo ia às aulas bem-vestido, de calças jeans escuras e camisetas com estampas de dragões alados ou surfistas que, de prancha na mão, olhavam para o horizonte. Vivia embrulhado numa névoa fina e pungente de desodorante — agradável só à meia distância. Seu apelido poderia ter nascido de uma inversão irônica desse cuidado estético e higiênico, mas tinha, na verdade, outra origem.

Na altura do balão que ligava a cidade ao estradão da Chapada, aonde minha mãe às vezes nos levava para passear de carro no fim da tarde, havia um grupo de homens, mulheres e crianças indígenas. Vagavam na órbita de um posto de gasolina e de uma guarita abandonada da Polícia Rodoviária Federal, com suas marmitas de alumínio e garrafinhas de plástico cheias de líquidos turvos. A guarita era um caixote vazio de concreto branco, coberto de pichações (Robson e Leila etc.), mas a seu lado havia um quebra-molas que obrigava os carros a parar. Às vezes, nessas freadas, dois ou três homens do grupo se levantavam do meio-fio e caminhavam lentamente na direção dos veículos. Ao vê-los se aproximarem, os motoristas, sem saber muito bem o que fazer, abriam a janela e lhes entregavam algumas moedinhas. E foi assim que, sem pedir dinheiro exatamente, esses homens passaram a ser chamados de "mendigos do balão", "mendigos da guarita" e, depois, só de "mendigos".

Suponho que a aparência física de muitos deles (cabelos pretos lisos, pele morena) é que tenha gerado o apelido do nosso colega, embora houvesse no Mendigo, também, algo da linguagem corporal contida e do silêncio daqueles homens. Talvez o apelido já me predispusesse a uma associação automática; não sei. Quando minha mãe abria a janela para dar as moedas e o cheiro de diesel e madeira queimada invadia o Golzinho, eu fitava o rosto dos homens e me lembrava do Mendigo. Diferentemente das camisetas do meu colega de sala, as deles eram puídas e tinham como estampa propagandas do Banco do Brasil ou da Caixa Econômica Federal, ou então o sorriso de algum vereador ou deputado estadual da eleição anterior. Um dia, enquanto procurava moedas no porta-luvas, minha mãe me cutucou no braço e disse, em voz baixa: "Esse daí é primo da sua vó". Quando notou que eu olhava para o rosto do homem, roçou o joelho na minha perna e sussurrou outra vez: "Não, na estampa da camiseta, na camiseta".

Ver o Mendigo tentar responder às perguntas dos professores nas aulas sempre me enchia de ansiedade. Lembro da sua expressão encabulada, da forma como mexia nos botões do seu relógio digital. A escola se chamava Antoine de Saint-Exupéry. Na semana em que voltamos dos Estados Unidos, perguntei à minha mãe onde eu e minha irmã iríamos estudar agora, e ela disse, como se eu a tivesse ofendido, que ficasse tranquilo, porque não seria num colégio de padres. "É uma escola construtivista", disse um pouco depois, num tom vagamente inquisitivo, como se lhe custasse acreditar que tal coisa pudesse existir no Mato Grosso. Nessa escola nova, não haveria exames ou uniformes. Não haveria biologia, português ou matemática. Não haveria fidelidade à bandeira ou à nação. "Explicar o que haverá lá já é mais difícil", ela disse, com uma risadinha seca e um tanto triste.

Não havia respostas certas ou erradas no "Zupéri", isso também não havia lá, e bastava responder qualquer coisa para obter uma nota de participação. Mas o Mendigo, ou não tinha entendido esse sistema, ou relutava em se deixar corromper por ele. Frequentemente, quando perguntado sobre a relação entre vassalo e suserano ou sobre os neologismos de Guimarães Rosa, ele se contorcia na cadeira, desviava o olhar para a janela que dava para o pátio e dizia, monocórdico: "Preciso pensar um pouco, professora". Eu assistira a muitos filmes americanos em que protagonistas tímidos ganhavam confiança e depois se revelavam gênios da matemática, resolvendo problemas dificílimos no quadro-negro. Por muito tempo, esperei que algo parecido ocorresse com o Mendigo, mas o momento nunca veio: ele seguiu sempre em silêncio.

Nas aulas de tempo e espaço, assistíamos a muitos filmes, todos impossíveis de entender naquela idade, dez, onze, doze anos. Certa tarde, a Lucinha, uma das professoras, nos mostrou *Stalker*, de Andrei Tarkóvski. Muitos alunos dormiram durante a sessão, outros ficaram desenhando. No final, ela se levantou e perguntou se alguém poderia explicar do que tratava o filme. "É sobre um cara que quer chegar na zona", Cauê disse, e todo mundo riu. "Isso é muito literal, isso é muito literal, querido, podemos ir além", Lucinha respondeu, veloz e solene, fingindo não entender o trocadilho. Noutro dia ela escolheu *A doce vida*, de Fellini, e foi difícil ouvir o áudio porque do lado de fora do colégio escapamentos explodiam e alto-falantes divulgavam ofertas de varejo.

Foi o dr. Stevenson, um amigo americano da minha mãe, antropólogo da Universidade da Pensilvânia, que nos disse que os índios da guarita eram bororos. Ele ficara conosco, na casa dos meus avós, por duas semanas, e nesse tempo aprendemos muitas coisas sobre o Mato Grosso. O dr. Stevenson nos contou a história das quarenta ou cinquenta etnias que viviam no estado; e explicou que a sinuosidade de algumas ruas do centro da cidade era proposital, tendo servido para tocaiar os bandeirantes na época da colonização. Uma tarde minha mãe o levou à Chapada, e quando passamos pela guarita abandonada da PF, ele franziu o cenho e nos disse que aqueles homens, mulheres e crianças eram bororos, e que talvez estivessem muito distantes das suas casas. Até então, algumas pessoas os chamavam de mendigos; outras, de índios. Romualdo às vezes passava com descuido pelo quebra-molas da guarita, porque a F-1000 tinha a suspensão tão alta que o escapamento nem sequer arranhava ali — ele então abria a janela e começava a cantar: "Ô pingaiada, ô pingaiada...".

O Mato Grosso era plano e aberto e muito vasto, campos e mais campos de vegetação rasteira num marrom melancólico de terra batida, e esse vazio imenso da paisagem se refletia num outro vazio, uma espécie de vazio narrativo. Meu avô contava muitas anedotas, a maioria sobre o seu tempo no Exército ou algum jogo do Dom Bosco em que o juiz tinha roubado muito. O Comunista cuspia dados duvidosos a respeito do estado (todos emitidos com confiança inabalável), mencionando taxas de homicídio nos municípios e número de vacas no pasto; mas nunca terminava de explicar nada, porque tendia a se perder em tangentes sobre a família real portuguesa ("D. Pedro cagava no chão, no canto da casa dele"). Ninguém tinha uma história robusta do lugar onde vivíamos. Para ouvir algo mais organizado e linear, com dados confiáveis, precisávamos esperar a visita desses amigos da minha mãe. Eles chegavam de tempos em tempos, com suas bermudas cáqui e canelas pálidas, sandálias imensas e puídas. Carregavam malas arredondadas e vagamente futuristas, cujo material aparentemente vagabundo era na verdade muito resistente.

O Mendigo era bom de bola, o que construtivismo nenhum pode tirar ou dar a ninguém. Por um tempo considerável, ele e o Cauê seguiram uma espécie de acordo tácito de escambo. O Mendigo não deixava o Cauê ser escolhido por último no escrete, e o Cauê não caçoava do Mendigo nas aulas.

Não era um trato incomum na época. Muitos alunos se ligavam por conveniência política e depois, como os pais vereadores ou desembargadores de alguns deles, recheavam o pragmatismo inicial com certo afeto discursivo ("O Cauê é bom marcador", o Mendigo dizia; "O Mendigo é um cara tranquilo", Cauê dizia). Eram frases calibradas para convencer sobretudo a eles próprios.

O Mendigo cuspia no chão com destreza, expelindo pequenos esguichos de saliva dos vãos entre os dentes da frente; e quando errava um chute, tocava o chão com o bico do tênis, como se lamentasse consigo mesmo a falta de pontaria. Minha falta de talento no futebol me doía, mas eu teria dado qualquer coisa por esse apuro estético.

Já o Cauê amarrava seu cabelo loiro num rabinho de cavalo e xingava todo mundo na quadra, movendo-se para lá e para cá e fazendo gestos exasperados com as mãos. Mas no caso dele era um teatro necessário: jogava tão mal quanto eu, se não pior, e precisava distrair os outros da sua falta de habilidade. Cauê tinha certa autoridade na sala, com suas piadas sujas, suas palavras roubadas do mundo adulto. Havia nos explicado o que era grilagem de terras; jogava no ar alusões sobre a família de cada aluno ("O pai do Ramón tá trabalhando no Tribunal de Contas do Estado", "A mãe da Laura trocou a caminhonete Mitsubishi dela"). Sua falta de habilidade no futebol era uma surpresa. Ao escolhê-lo para a pelada, o Mendigo parecia diminuir um pouco a bagunça do mundo, dispersando a nuvem cinzenta de indefinições sob a qual vivíamos: sem exames, sem matérias tradicionais no currículo, sem entender nada dos filmes, sem nunca saber se estávamos indo bem ou mal.

O dr. Stevenson tivera uma doença na primeira infância, e alguns músculos do lado direito do seu rosto haviam se cristalizado numa espécie de meio sorriso; era uma expressão ambígua, que poderia ser lida tanto como fruto de desgosto amargo ou ironia feliz. Nos primeiros dias da sua visita, enquanto lambia a colher de doce de leite e elogiava com ênfase o guaraná de Joelma, mexendo a colherzinha freneticamente para que o pó se dissolvesse, hipnotizou minha família com seu conhecimento sobre a região. Contou-nos detalhes da imigração gaúcha na lavoura da soja, discorreu sobre a briga política que levara o estado a se separar em dois na época da ditadura. Para o assombro da minha avó, o professor sabia até de Jejé, um colunista social já morto que se autodeclarava "negro, gago e homossexual" — ícone lembrado com afeto paradoxal numa região onde o PFL ganhava todas as eleições. Naqueles primeiros dias da visita do dr. Stevenson, todos na mesa o ouviram com atenção. Além do orgulho que a admiração de um estrangeiro suscitava, havia algo hipnótico no seu sorriso ácido imutável, aquele lado da sua face que nunca descansava.

Em poucos dias, porém, seus monólogos sobre a cerâmica indígena e os romances de José de Alencar ("problemáticos, mas francamente lindíssimos") começaram a entediar minha família. Quando notava a dispersão do meu avô, ou quando minha avó começava uma conversa paralela com sua irmã Heleninha, minha mãe batia na mesa com os dedos, como se estivesse tocando piano com uma mão só. "Presta atenção no professor, gente." O Comunista interrompia o dr. Stevenson toda hora para perguntar sobre Watergate e Richard Nixon, ou para expor suas próprias impressões a respeito do que tinha dado errado para o exército americano na Guerra do Vietnã. "Vocês subestimaram eles", dizia, numa voz mansa, como se desde sempre tivesse percebido a astúcia dos vietnamitas. O professor cedia com um olhar desencantado ao novo tópico, e seu meio sorriso, nessas ocasiões, se tornava mais difícil de decifrar.

Na escola, a primeira das muitas vezes em que ouvi a informação de que Luxemburgos, Holandas e Bélgicas inteiras cabiam no Mato Grosso, imaginei monumentos e arcadas e torres de aço chegando em guindastes e sendo despejados ao lado do açude da fazenda do meu avô. Mas era muito difícil acreditar que aquelas terras distantes fossem tão pequeninas, muito menores que o lugar onde vivíamos. "Do Mato Grosso até Goiás temos mais ou menos mil quilômetros", os professores diziam, "a mesma distância entre a Normandia e Marselha, tá bom?"

Os anos de infância nos Estados Unidos tinham me deixado algumas lembranças esparsas: o torso gelado do leão banhado em cobre no qual eu e minha irmã subíamos, no átrio do Museu de História Natural, em Nova York; o odor rico e saturado dos pedaços de frango frito na caixinha úmida do Roy Rogers, onde parávamos para comer quando nevava muito na estrada (por horas, o cheiro perdurava debilmente nos nossos moletons e agasalhos enquanto seguíamos viagem). Eu gostava do frio. Gostava do atrito das botas na neve, da letargia sedentária e contemplativa das gripes, até do muco escorrendo pelo nariz e se cristalizando numa pedrinha de sal na ponta da língua. A volta ao calor desregulou essa leve autoconsciência corporal, extrapolou-a, e ao me tornar mais ciente do meu corpo, me tornei também um hipocondríaco precoce. Minha pele descamava no sol, e eu logo achava que tinha lepra; as bolotonas vermelhas de picadas de mosquito nos braços e pernas, eu interpretava como cólera, um nome pronunciado sempre em tom sombrio pelos âncoras do *Jornal Nacional*.

As lembranças americanas eram prazerosas, mas também inócuas. Não compunham um senso forte de nostalgia, e quando na escola me perguntavam sobre o país, eu não sabia bem o que dizer. Como se diz pau, buceta, cu, filho da puta, vagabundo?, indagavam, encurralando-me em rodas mais inquietas e menos deferentes do que aquelas que circundavam o Cauê. Quando eu traduzia essas palavras, os outros alunos gargalhavam e saíam correndo pelo pátio de concreto, dispersando-se alegremente; alguns minutos depois voltavam com as mesmas questões. Nas festas de família, primos mais velhos que eu nunca vira me perguntavam se eu tinha dupla nacionalidade ou passaporte americano. Quando eu lhes respondia que não sabia ao certo, a expressão plácida deles ganhava um ar de consternação. "Fale com a sua mãe, veja isso logo", diziam, como se minha mãe estivesse escondendo de mim algo muito importante.

Hoje me parece incrível que, em meio a tantos voos e mudanças de país, eu nunca tivesse ouvido aquela palavra antes: "passaporte". E na tarde em que o Cauê apareceu triunfal na sala de aula, com seu passaporte italiano na mão, para provar a todos sua origem, minha ignorância em relação a esse documento fundamental da modernidade era a mesma do resto da sala.

Na foto ele ainda era um bebê, e por isso alguém quis ver seu nome completo no caderninho. "Por que tem tantas páginas vazias?", Laura perguntou.

"Porque o passaporte é para a vida inteira...", ele respondeu, com a voz lenta — uma alusão à suposta estupidez da colega. "Cada página em branco vale por um ano da vida."

"Eu sou de Calabra", Cauê disse depois, quando a professora explicou que Federico Fellini era um gênio italiano. Alguém no fundo da sala não conteve o riso, e ele aumentou o tom: "Eu sou de Calabra, filho da puta".

O passaporte de Cauê causou certo frisson, e por um tempo todos na sala pareceram tomar consciência de que tinham vindo de outro lugar. Sobrenomes na lista de chamada que antes não significavam nada para ninguém, ganharam força. Marina Humpfer — cujo sobrenome eu voltaria a ler na *Folha de S.Paulo* anos depois, quando a empresa agrícola do seu pai apareceu numa lista de acusadas de prática de trabalho escravo — disse que tinha nascido em Santa Maria, no Rio Grande do Sul, mas que sua família viera de Graz, na Áustria. Fábio Richetti falou que comer lasanha com arroz, como se servia no Marcello's, o restaurante do shopping Tamoios, era de uma cafonice absurda. "As pizzas de Napoli são grossas", dizia, esfregando o dedo indicador e o polegar, com um sorriso bobo, como se evocasse alguma memória longínqua.

Apareceram outros passaportes na sala: uns três de Portugal, um ou dois da Itália. Depois, como se tivessem feito uma refeição identitária muito farta e estivessem enjoados, todos pararam abruptamente de falar dos ancestrais. Senti inveja da leveza com que os demais alunos tinham brincado com suas origens. Não havia um dia sequer em que um parente ou um conhecido da família não me perguntasse se eu sentia saudades dos Estados Unidos ou do meu pai "chileno" (acrescentavam sempre a nacionalidade dele na pergunta, por alguma razão); isso quando não me chamavam de "neto americano do seu José". A sensação era a de que eu precisava me justificar para os outros. O desterro era um assunto que me afligia, e me parecia incrível que, de posse de um documento legal ou sobrenome, as pessoas pudessem decidir por si mesmas de onde vieram.

Uma tarde pedi ao dr. Stevenson que me mostrasse seu passaporte. A capinha azul e lisa do documento tinha um caráter minimalista que me lembrava vagamente os próprios Estados Unidos, as casinhas de tijolos de Drexel Hill, e de tanto que meus primos mais velhos falavam da necessidade de um "passaporte americano", agora me parecia um absurdo que minha mãe não tivesse feito um documento daqueles para mim. Folheei o passaporte várias vezes, fitei os carimbos coloridos, muitos deles sobrepostos. O dr. Stevenson deve ter achado que eu estava interessado nas viagens que ele fizera, pois começou a me relatar outra vez suas pesquisas. Eu na verdade só estava interessado no documento em si, mas ao ouvi-lo, senti o prazer de retomar o inglês, de descansar um pouco dos "ão, ãe, ãos" — sons que, pelo esforço exigido, me faziam sentir mais o nariz e a boca.

À noite, ele pediu à minha mãe que o levasse a algum restaurante local; queria comer pacu, pintado, caldo de piranha, farofa de banana. Minha mãe dirigiu e dirigiu pela cidade, mas as peixarias estavam todas fechadas; e acabamos no Suquinho Carioca, na rua Presidente Dutra, uma lanchonete com cadeiras e mesas de plástico espalhadas pela calçada. A certa altura, enquanto comíamos nossos sanduíches, um homem se aproximou para pedir dinheiro ao professor. Tinha uma barba longa e espessa, com pequenos nós e redemoinhos, e usava uma camiseta rasgada; a premissa moral de que era necessário ignorar seu odor parecia aumentar ainda mais a intensidade do cheiro.

O homem puxou o dr. Stevenson pelo antebraço, e ainda me lembro do susto que levei com a força do empurrão que o professor lhe deu, a forma ríspida como puxou a mão de volta. O lado paralisado da sua face tinha perdido toda a ambiguidade, e agora emanava um medo histérico.

Um garçom que estava na lanchonete viu o que tinha acontecido e saiu para a calçada. "Vamo, vamo, vamo", ele disse, meio entediado, sonolento, pegando o sujeito pelo braço e obrigando-o a atravessar a rua.

"Pra que essa caneta aí, rapaz, pra que essa caneta?", o homem falou, enquanto era levado. E só então percebi que, além de segurar o braço dele, o garçom tinha colocado uma caneta disfarçada na manga esquerda da camisa, e agora a usava discretamente para cutucá-lo na altura do abdômen.

"Que caneta o quê, tá louco, rapaz?", o garçom respondeu.

"Tá doendo, porra, cê tá me cutucando, caralho."

Sentindo-se exposto, o garçom se irritou ainda mais, e quando vi, o homem já estava caído na rua, levando vários chutes. Amortecidos pelas camadas de roupa, os chutes tinham um som monótono, meio aerado, como o de uma porta a vácuo que se abre e se fecha. Nas mesas na calçada, as pessoas comiam seus churrasquinhos com o ar tenso de quem finge não prestar atenção.

Minha mãe, com a boca cheia de filé e queijo, gritou para o garçom parar com aquela merda e deixar o homem em paz.

"Desculpe, senhora, desculpe, viu, esse pessoal da esquina aqui é difícil, sabe", ele respondeu, voltando à calçada. "Esse daí vem toda semana, o lazarento." Conciliava deferência e rispidez ao falar com minha mãe, numa alquimia misteriosa, e antes que ela pudesse dizer qualquer coisa, já tinha escapado de novo para o interior da lanchonete.

O homem caído na rua ficou gritando que iria passar o garçom no facão. Berrou por um bom tempo, enquanto comíamos. Todos na calçada estavam tensos, mas continuavam comendo, mordendo um pouco mais rápido para acabar com o lanche logo. Sem conseguir a comoção de ninguém, o sujeito expandiu seu alvo. "Eu vou é matar todos vocês, seus filhos da puta", ele disse, com uma risadinha, ainda deitado no asfalto de barriga para cima, braços abertos, como se tivesse decidido descansar. "Vai ser gostoso, vou é matar todos vocês, vocês vão ver, vou matar vocês muito, passar vocês no facão." As palavras relaxaram a todos. As mordidas nos sanduíches desaceleraram; de repente ninguém mais o levava a sério. Um senhor grisalho que havia tempo parecia excitado com a presença de um estrangeiro ali, finalmente teve coragem de puxar papo. "Desculpe recebê-lo assim!", ele berrou da sua mesa ao professor Stevenson, com um sorriso cheio de deferência e batendo uma continência. O dr. Stevenson apenas ergueu o braço e, com a expressão incerta de uma criança que mostra o joelho machucado à mãe, mostrou as manchas rosáceas que o puxão tinha formado no seu antebraço. Enquanto isso, o homem permanecia caído no chão, gritando cada vez mais alto que ia matar todo mundo — vez ou outra uma moto passava e buzinava, desviando-se dele. Do fundo da lanchonete, em meio a risadas, chegava a voz de um dos garçons, diluída por um rádio que transmitia um jogo de futebol: "Tomá no seu cu, rapá…".

O dr. Stevenson seguia discorrendo sobre suas pesquisas antropológicas nos almoços, e a reação inicialmente interessada — e depois distraída — dos meus parentes passou a ganhar outros contornos. Eles ficavam cada vez mais exasperados com a insistência do professor naqueles assuntos. "Chato pra cacete, esse gordo", meu tio Betinho, irmão caçula da minha mãe, disse um dia na mesa, sem se dar conta de que o dr. Stevenson entendia português e até falava a língua com certa habilidade. Notei a tristeza da minha mãe com o comentário (sempre quis que a família se desse bem com seus amigos acadêmicos), mas meu coração bateu um pouco mais rápido, pois eu também achava as conversas tediosas e ver alguém confirmar isso em voz alta era excitante.

Num fim de semana, meu tio Betinho organizou uma pescaria em Porto Jofre, para que o professor conhecesse o Pantanal. Durante todo o trajeto, ele, Romualdo, meu tio Julio e até meu avô — que às vezes se irritava com as piadas escatológicas dos filhos — ficaram acusando o "gringo" de peidar na caminhonete, volta e meia abrindo a janela para dispersar o suposto fedor. O dr. Stevenson fingia se divertir com a brincadeira, mas eu notava o assombro no lado paralisado da sua face. Isso gerava desconforto em mim, e ao mesmo tempo algum alívio, porque se ele não estivesse ali, o alvo sem dúvida seria eu — por causa da minha pele pálida, que descascava facilmente, e dos resquícios de sotaque que ainda não haviam sido expurgados (ali não me pediriam que dissesse "cu" ou "buceta" em inglês, mas que pronunciasse palavras longas em português: "paralelepípedo", "inconstitucionalissimamente").

Certa tarde o Mendigo foi até em casa. Estávamos passando pela sala, a caminho do quintal, e o dr. Stevenson nos segurou ali por um bom tempo, tentando puxar conversa. Com um ar simpático, perguntou-lhe onde tinha nascido. "Rondonópolis", o Mendigo respondeu. O professor disse ao Mendigo que ele se parecia muito com um amigo xavante seu, um grande guerreiro que vivia mais para o leste do estado. "Ele é um grande guerreiro!", ele repetiu, animado, achando que o Mendigo não o tivesse ouvido. Mas o Mendigo havia escutado: apenas mantinha a expressão encabulada que usava quando os professores lhe faziam perguntas na aula. "Os xavantes gostam de futebol, acredita?", o dr. Stevenson insistiu, no seu português cheio de sotaque. "Você é bom no futebol?"

"Ele é", eu disse, e bati no ombro do Mendigo, aproveitando para interromper a conversa e acabar com a atmosfera desconfortável que eu não conseguia decifrar de onde vinha. Em seguida descemos para o quintal.

Eu e o Mendigo não éramos próximos. Tínhamos conversado duas ou três vezes no colégio, sempre com outros colegas por perto. Mas um dia ele chegou para mim no intervalo e perguntou se poderia ir à minha casa. Sem dar muitos detalhes, disse que precisava de ajuda com uma tradução, e que viera falar comigo porque fora informado de que eu sabia "várias línguas". O pedido era, para alguém tímido como ele, muito ousado.

"Não pode ser na sua casa?", perguntei. Eu não gostava de levar ninguém à casa da Otiles Moreira — em parte porque tinha vergonha de explicar a posição de agregados que ocupávamos ali; em parte porque não queria juntar mundos tão distintos como o da rua e o do colégio.

"Não, na minha casa não dá", ele respondeu.

Era uma tarde quente, e ficamos descalços na beira da piscina. Mesmo na sombra das mangueiras e dos pés de bocaiuva, o piso estava morno. Nos intervalos do colégio, o Mendigo desembrulhava o papel-alumínio dos seus sanduíches com lentidão, como se arrancasse pétalas de uma flor — e foi com essa mesma delicadeza que ele abriu as folhas do seu passaporte naquele dia.

Pediu-me que traduzisse algumas linhas. Havia um amontoado de palavras longuíssimas no documento, cheias de consoantes impronunciáveis. Na capa, o desenho de uma águia bela e dourada, com as asas erguidas, triunfal, lembrava muito as estampas das suas camisetas.

Expliquei que, embora soubesse inglês, não tinha ideia do que estava escrito ali. Ele assentiu com a cabeça, como se já esperasse aquela resposta. Obviamente não queria tradução nenhuma, estava apenas a fim de mostrar o passaporte para alguém.

"Quer folhear?", me perguntou, com um vago ar de arrogância. Dei de ombros. "Pega aí", ele insistiu.

As páginas de trás estavam todas vazias.

"Você acha que devo levar para a escola?", perguntou.

Já fazia alguns dias que ninguém mais falava de passaportes; no tempo distorcido do colégio, isso era mais ou menos como se anos tivessem passado. Dei de ombros outra vez; respondi que não sabia. Não entendia muito bem por que me fazia aquelas perguntas, por que eu de repente tinha virado uma autoridade no assunto.

"Porra, eu sou alemão, e o gringo louco lá em cima me chamando de índio, caralho." Deu uma risada exagerada; eu ri também.

"Logo ele tá indo embora. Ninguém aqui gosta dele", eu disse, rifando o professor, que embora também me irritasse às vezes com seus assuntos, sempre me pareceu uma pessoa simpática.

Com a exceção dos Estados Unidos, onde passei grande parte da infância, a Alemanha era o único lugar do Norte que evocava em mim algo além de imagens vagas de frio e riqueza. Um dia em que meu avô e minha mãe discutiam desinteressadamente a Guerra do Golfo, eu perguntei a eles quem tinha começado a Segunda Guerra. "A Alemanha", minha mãe falou. "E a primeira?", indaguei então. Ela fez uma pequena pausa, e se pôs a rir. "Ah, nossa, é mesmo — a Alemanha também, né, papai?" E meu avô contou a história que sempre contava: de como, por causa de um erro no seu registro de nascimento, ele fora convocado pelo Exército brasileiro no finalzinho da Segunda Guerra, e só escapara do conflito nos últimos momentos.

Sempre o impressionara o treinamento psicológico eficaz que recebera no breve período que passou junto às tropas. "Saíamos de lá loucos pra matar algum alemão."

Mas foi meu pai quem primeiro mencionou a Alemanha para mim. Quando ainda vivíamos nos Estados Unidos, nos disse repetidas vezes que estava prestes a ser transferido para Frankfurt. Falou que o banco no qual supostamente trabalhava precisava de alguém lá. Explicou a mim e à minha irmã que morando na Alemanha aprenderíamos outra língua, e que assim viraríamos "poliglotas". Minha mãe desconfiava dessa história, como de muitas outras, e parecia hesitar entre desmenti-lo e deixar a fantasia da mudança se desenvolver, porque por alguma razão eu e minha irmã, sem saber nada do país, começamos a achar excepcionalmente interessante a ideia de viver ali. E por semanas, enquanto tomávamos café na bancada da cozinha em Drexel Hill, ele nos perguntava, animado: "Vocês preferem morar aqui, no Brasil ou na Alemanha?".

"Na Alemanha!", gritávamos, com a boca cheia de sucrilhos.

"Então em algumas semanas vamos todos para Frankfurt, e você e a sua irmã vão aprender outra língua, e aí se tornarão poliglotas", ele dizia.

Poliglotas. Falava a palavra com gosto, como se tivesse a boca cheia de creme, num sotaque que nunca consegui definir.

Na Otiles Moreira, eu passava a maior parte do tempo jogando bola com os netos, bisnetos e parentes de d. Madalena, uma velhinha que morava numa casinha decrépita, de cor azul-pálida, bem ao lado da casa dos meus avós. Dali saíam quase todos os empregados deles; dali também saíam as únicas pessoas que eu considerava amigas naquela época: Pacmã, Pepeu, Dedinho, Filé, Mutuca. O dr. Stevenson tinha me perguntado, com uma curiosidade benigna, como eu me tornara amigo daqueles meninos. Eu não sabia responder. Antes de começar a viver com meus avós, quando ainda só voltávamos ao Brasil nas férias, bastava eu chegar na rua para eles logo tocarem a campainha; daí mal trocávamos algumas palavras, já começávamos a jogar bola, adentrando certa intimidade que parecia anterior a nós mesmos. E aí, em algum momento da minha adolescência, eles pararam de tocar a campainha; e da mesma forma como eu adentrei aquela intimidade calorosa, saí dela, sem questionar muito a razão pela qual isso aconteceu.

Por causa do calor, as janelas de d. Madalena estavam sempre abertas, e às vezes, de manhã, eu passava em frente à casa dela e via todos eles sem camisa, dormindo em colchões espalhados pelo chão da salinha, os corpos moles e relaxados mas os rostos cristalizados em expressões quase raivosas, como se fechassem os olhos em desafio ao sol. Eram da minha idade, mas já tinham os músculos bem definidos, talvez pelo envolvimento em trabalhos braçais; vê-los sem camisa me dava vergonha do meu corpo flácido. Às vezes, duas mãos sonâmbulas se erguiam de um dos colchões e matavam um mosquito com uma palma estrondosa. Ninguém reagia ao barulho.

A rua do meu avô era ensolarada — o asfalto queimava os olhos — enquanto o pátio de concreto e a penumbra davam ao Antoine de Saint-Exupéry um ar de cárcere; e eu associava aquela luminosidade da rua a uma vida mais simples, sem a autoconsciência e as estranhezas pedagógicas do colégio. Sempre tive receio de juntar mundos distintos, de fazer grupos diferentes de amigos se conhecerem, e o tempo tem provado que certa cautela é prudente: as consequências dessas interseções são quase sempre desastrosas. Mas o Mendigo se enturmou fácil com o pessoal da rua nas tardes em que apareceu por lá. Nas peladas, agiu como um cavalheiro, jogando abaixo da sua verdadeira capacidade — não tentava muitos dribles e dava mais passes; e assim meus vizinhos da rua passaram a gostar dele.

Todos na rua tinham apelido, e sob cada apelido jazia outro apelido. Pacmã era também Olho de Boneca e Micuim; Dedinho era Beição e Miniduque; Mutuca era o Arroz de Festa. Era como se sob cada camada de uma pessoa sempre houvesse outra, e outra, e depois outra, ao infinito. Ainda me lembro do desconcerto que senti ao ler no RG do Pacmã seu nome verdadeiro: Varlei dos Santos Pereira. Não consegui acreditar — o nome não soava bem aos meus ouvidos e parecia insuficiente para encapsulá-lo.

Meu nome era estranho, difícil de pronunciar (até os parentes sucumbiam a ele), mas nunca recebi apelido nenhum. O Mendigo chegara e na mesma tarde já recebera um novo. "Ô Raoni, toca aí, toca aí", alguém disse em meio à pelada, e todos deram uma risadinha complacente; o apelido logo pegou. Por alguns momentos, acho que o invejei.

O Mendigo acabou não mostrando seu passaporte para os outros, mas isso não impediu que surgissem histórias sobre sua cidadania alemã, que não ficou escondida por muito tempo. A única versão da qual ainda me lembro foi contada por Cauê. Ele disse que o pai do Mendigo era gaúcho, que tinha dado certo por um tempo na soja mas que logo depois, quando decidiu investir tudo numa empreiteira, "faliu bonito". Disse que a mãe do Mendigo era uma "indiona de Aragarças" e que tinha sido empregada do pai. O pai havia supostamente voltado para o Sul, mas ainda mandava dinheiro para a mãe — ela que, segundo o Cauê, bebia "pinga pra cacete". O Opala que vinha buscar o Mendiguinho todo dia era supostamente o único bem da família.

Cauê tinha a melancolia irrequieta de crianças esquecidas nas ruínas de alguma separação ou falência — talvez viesse daí seu acesso a conversas noturnas, a fofocas de jantares do mundo adulto, pois enquanto nós vegetávamos na penumbra dos projetores, assistindo, assustadiços e sem entender muito bem, à gritaria de *Terra em transe*, ele nos contava as histórias familiares dos outros. Antes de a *Folha de S.Paulo* denunciar o pai da Humpfer, ele já o identificava como grileiro de terras; antes de o pai de Ramón ser nomeado para o Tribunal de Contas do Estado, o Cauê já alertava sobre rumores dos seus esquemões na prefeitura. Tinha esse faro para a sujeira dos outros — esse zelo moralista desdenhoso que esconde uma vontade de participar dos esquemas, de ficar rico, de fugir do Kadett arranhado da mãe com o tufo de espuma saindo do banco da frente. Ela sempre o esperava na saída do colégio com um cigarro na mão e tentava vender-nos mapas astrais com certa exasperação ("Fale pra mamãe, pras titias, tá?"). Emanava um cheiro forte de perfume e tabaco que, junto à visão da alça do seu sutiã, cavava um buraco quente bem na boca do meu estômago — uma sensação confusa que me fazia querer ir mais vezes à missa de são Benedito. Cauê tentava entrar rápido no Kadett, para que ninguém ficasse secando muito a sua mãe.

Um dia, no meio da aula de tempo e espaço, o Mendigo chegou por trás dele e lhe enfiou um murro na orelha. Se embrenharam no chão, até que a professora se aproximou, muito lentamente, para separá-los — por um segundo achei que ela iria, no melhor estilo da escola, deixar as coisas se resolverem sem intervenção. "Minha mãe bebe pinga então, filho da puta?", o Mendigo disse. Estava fora de si, chorando de raiva. O Cauê xingou de volta, disse a ele que ficasse esperto porque iria arrebentá-lo "depois da sessão do Fellini".

Algumas semanas após a briga, porém, já estavam jogando bola juntos outra vez, mostrando a resiliência da aliança política que mantinham — o Mendigo dizendo que o Cauê era "bom marcador", nunca o deixando ser escolhido por último; o Cauê não caçoando do Mendigo nas aulas, dizendo aos outros que ele era "um cara tranquilo".

Mas no dia da briga, depois de serem suspensos, o Cauê espalhou outra história. Disse que a cidadania alemã do Mendigo vinha do seu avô paterno, um "velhaco" que viera fugido da Europa e morara em São Miguel das Missões, Pedro Juan Caballero, e por fim em Foz do Iguaçu. Alguns dos parentes do avô tinham ficado na Argentina. "O alemão veio com aquela turma lá", Cauê disse, dando uma risadinha, a orelha ainda vermelha do murro que o Mendigo lhe dera. "Aquela turma lá, vocês sabem de quem estou falando", ele disse, e pelo seu riso forçado notei que se tratava de uma historinha que ele pescara em algum lugar, talvez num jantar dos seus pais, e que nem ele — nem nenhum de nós — imaginava que "turma" era aquela. Era a "turma" sobre a qual logo estudaríamos — com as sessões longas de documentários vespertinos, as crianças todas pedindo para ir no banheiro a toda hora —, a "turma" que aos poucos se tornaria a única em que pensaríamos quando ouvíssemos a palavra "Alemanha", as referências anteriores do país todas evaporando.

Dias depois me lembrei do Mendigo, ao passarmos pela guarita abandonada da Polícia Rodoviária Federal, no balão do posto de gasolina do estradão em direção à Chapada. Minha mãe tinha organizado uma visita ao mirante, para que o dr. Stevenson o conhecesse antes de voltar ao seu país, e quando a caminhonete freou na lombada, Romualdo, que ia dirigindo, apontou para o grupo de homens, mulheres e crianças no meio-fio e disse: "Professor, repita comigo: pin-gai-a-da".

O professor estava no banco do passageiro, e não entendeu ou fingiu não entender, pois continuou em silêncio. Meu avô, sentado comigo e com a minha mãe no banco de trás (estávamos na caminhonete de quatro portas), deu uma risada e em seguida se conteve: "Para com isso, Romuardo".

"A Myriam Thornton vem ano que vem, hein", minha mãe disse. Estava sempre preparando a família para a chegada da sua orientadora. "Se vocês ficarem com essas brincadeiras, vou mandá-la cancelar a viagem."

"Ora, pode chamar a Miriã, a gente quer que ela venha", meu avô respondeu, levemente ofendido, como se conhecesse a orientadora da minha mãe havia muito tempo.

Minha mãe pediu desculpas ao dr. Stevenson, em inglês, e o professor fez um gesto ambíguo, meio irritadiço, com a mão. No mirante, as depressões e vales da Chapada encheram todos de alívio, uma desculpa boa para o silêncio que preenchera o carro no restante do trajeto.

"Esse Cauê é um mentiroso do caralho", o Mendigo me disse, alguns dias após a briga. Explicou que na verdade seu pai era engenheiro, morava em Stuttgart e todo mês lhe mandava presentes. "Olha aqui." Inclinou o pé direito sutilmente e prensou a sola do tênis no chão; luzinhas vermelhas começaram a piscar. Depois me mostrou uns souvenirs que tirou do bolso. Eram miniaturas mitológicas, talhadas com destreza: o minotauro, a fênix, o dragão. Disse que no ano seguinte iria se mudar para a Alemanha, onde ia morar com o pai, que só faltava escolher um colégio por lá. "O Brasil é uma bosta", ele disse, e notei, pelo modo inusualmente decisivo como falou, que a frase não era sua, que a tinha ouvido em outro lugar.

Mencionou as cidades que iria conhecer: Bonn, Munique, Berlim, alguma coisa-Baden, e à medida que citava esses lugares, era como se inflasse e ganhasse confiança: não parecia mais em nada com o menino taciturno das aulas. Um pouco para responder à sua excitação, menti que meu pai estava morando em Frankfurt. Quando pegou seu passaporte, com a águia bela e dourada na capa, me assustei um pouco — não sabia que ele andava todo dia com aquilo na mochila. Pegou também um caderno, arrancou uma folha e me deu. "Anota aí o meu sobrenome", disse, abrindo o documento e segurando a foto na minha frente. Essa foi a última vez que conversamos, pelo que me lembro, embora tenhamos continuado a nos cumprimentar no colégio; no ano seguinte ele mudou de escola, ou de cidade, e nunca mais o vi.

3.

"José, é você?"

"Hã."

"José?"

Meu avô expectorou e tentou expelir um catarro que o incomodava. "Hã", repetiu.

Sem a distorção fleumática, mais límpido, o monossílabo parecia quase polido.

"José, ô José, você me escute aqui. É o seguinte. Aquele empregado seu. Aquele preto filho da puta. Qual o nome dele, José? Qual o nome dele? Ele vai sumir daqui, tá bom. Cê tá me ouvindo? Você fala para ele ir embora já. Quero ele longe do Mato Grosso."

O catarro voltou, e começou a dançar entre a garganta e o pulmão do meu avô; eu ouvia a conversa na extensão e sabia que ele estava louco para ir à pia cuspir. O barulho escandaloso da expectoração parecia fazer pouco da voz desencorpada que ameaçava seu empregado. Era como o chiado agudo de uma furadeira, ou o latido incessante de um cachorro na rua — um daqueles sons mundanos que justamente por serem tão aleatórios, tão indiferentes ao assunto em questão, afogam o interlocutor num estado de impotência, levando-o a um frenesi ainda maior.

"Você sabe o que ele fez, José, você sabe?", o homem perguntou, baixando o volume da voz de repente, como se amansasse e reconsiderasse sua fúria. "Ele deu um murro, José." O "r" do homem era esticado, arcaico, como o de um locutor de futebol. "Um *murrro*. *Rrrrrebentou* a cara do meu filho."

Do resto da conversa não me lembro bem. Suponho que meu avô tenha ficado quieto por um tempo, ouvindo os lamentos do homem com a paciência que lhe era característica. Depois deve ter dito: "Tá, tá, tchau", como fazia com todos, fosse o padre da missa de são Benedito ou seu próprio irmão. Suas despedidas no telefone eram ambíguas. Sempre apressadas, sempre íntimas, evocavam grosseria e afeto ao mesmo tempo.

A porta do quarto estava aberta, e do corredor ouvi a água corrente da pia, o catarro finalmente expelido. O som tranquilo de urina no vaso e um peido discreto, fininho. Em seguida ele passou de pijama pelo corredor, arrastando as sandálias muito lentamente. Eu já tinha corrido para a cozinha, como sempre fazia quando ficava na extensão à espera das ligações do meu pai. Depois o vi procurando seus óculos de leitura na estante perto da mesona de vidro da sala; Joelma lhe trouxe um copinho de guaraná ralado, o líquido turvo girando num redemoinho, o pó nunca se dissolvia direito. Se ajeitou na rede e abriu o *Jornal do Brasil*. "O senhor pare de ouvir as minhas conversas", disse, meio distraído, quando passei pela sala, enquanto seus olhos, aumentados pelas lentes, corriam pelas notícias do dia.

Preto cor de Romualdo; preto bem mais claro que Romualdo; preto um pouco mais claro que Romualdo. Sua pele balizava todas as outras peles, e no espectro de cores ele era a referência descritiva da família. Romualdo é preto cor de carvão, meu avô dizia às vezes, num tom de descoberta onírica, como se lembrasse de um sonho bom que tivera na noite anterior. "Não fale isso, papai!", minha mãe dizia, batendo a palma aberta na mesa. Tentava a todo custo extinguir essas descrições. "Nos Estados Unidos você iria preso!"

Romualdo é como um filho para mim, meu avô dizia; José é como um pai para mim, Romualdo dizia. Se essa frase precisa ser dita, é porque já se está longe do terreno afetivo minado de pais e filhos. Fátima, a mãe de Romualdo, trabalhara como empregada a vida inteira na casa dos meus avós, na época em que meu avô ainda cuspia o sangue da sua úlcera precoce. Morreu quando o filho ainda era adolescente. Agora o filho estava crescido e tinha construído uma casinha no bairro do Cristo Rei; se casara e tinha uma filhinha. Nas festas de família, Romualdo parecia uma pessoa distinta daquela que eu encontrava todo dia na casa dos meus avós. A camisa social apertadíssima no seu torso gordo e musculoso criava uma impressão de imensa vulnerabilidade; ele se agachava e via, hipnotizado, sua filhinha de cinco anos dar respostas ácidas a todos e correr elétrica pelo pátio.

Ele me levava para lá e para cá na F-1000 — para a minha aula de francês, de piano, de pintura. Não era só a escola construtivista que tentava me afogar em materiais de alta civilização. Após os filmes de Fellini e Tarkóvski pela manhã, minha mãe, temendo um destino menor para mim naquelas planícies, se encarregava de não deixar espaços abertos na minha tarde. Depois de encher a barriga de arroz, feijão, carne moída e suco de laranja no almoço, eu ligava o ar-condicionado do nosso quarto na potência máxima e assistia com fascínio ao tremelique do aparelho, a forma polida como mais tarde ele se estabilizava e entoava seu ronco anestésico. Eu nunca dormira depois do almoço no nosso apartamento de Drexel Hill, na Filadélfia. E esse costume, que me parecera tão estranho a princípio — estranho e vagamente repulsivo, como as crostas de nata que flutuavam no leite fervido da minha avó —, eu compreendi aos poucos. Sentia um misto de culpa e deleite ao olhar pela janela e ver as galinhas bicando milho no quintal, sob um sol totalitário. Baixava as persianas de uma só vez. Os sonhos da tarde eram mais pesados que os da noite, frequentemente pesadelos em que eu reencontrava uma versão genérica dos hotéis genéricos em que nos hospedávamos no inverno americano, quando meu pai nos levava para Poconos ou Martha's Vineyard. Eu jazia numa cama de hotel, enquanto a neve caía do lado de fora; eu já era mais velho e estava sozinho.

Pareciam durar horas, aqueles pesadelos da tarde, mas na verdade duravam só minutos. Mal entrava no sono e já sentia um cutucão no pé. "Vambora, guri, vambora", Romualdo sussurrava, irritadiço. O cutucão parava no limite de me machucar; eu sentia sua contenção, intuía que reprimia seu gesto, que gostaria de, de repente, me dar um tapa. Sua presença, eu sentia como uma proteção e também como uma ameaça vaga. Ele me dava os cutucões e minha mãe, lá da sala, o encorajava a ser mais enfático. "Arrasta ele se precisar, Romualdo, arrasta a perna dele, se precisar, senão esse guri dorme o dia inteiro!"

Se o seu dia estava atarefado, ele erguia um muro intransponível de frustração muda enquanto dirigia. Passava a marcha fininha e alongada da F-1000 com violência, como se quisesse quebrá-la. Corria muito, buzinava, fechava outros carros. Uma tarde colocou uma fita cassete no som do carro. Um homem de voz grossa recitava uma historinha longuíssima. Perguntei o que era aquilo. "Legião Urbana, Renato Russo", respondeu, sem elaborar. Alguns dias depois pedi a ele que pusesse a música de novo, a fita com a historinha. Me respondeu que não.

"Mas por que não?", perguntei.

"Porque eu não quero, ué."

Às vezes sentia que ele detestava todas as crianças da família; às vezes sentia que detestava apenas a mim. Eu gostava dele, é claro. Queria que falasse comigo no mesmo tom afetuoso em que se dirigia ao meu tio Betinho, depois de lhe entregar caixotes de pacus com gelo ou deixar as compras de supermercado na garagem. Queria até que me provocasse com piadas cruéis, como às vezes fazia com os meninos mais pobres da rua, os parentes de d. Madalena. Mas nesses dias ocupados e taciturnos ele ficava apenas em silêncio ao volante, e se eu tentasse quebrar o silêncio, ele era ríspido, dava patadas.

Um dia perguntei sobre um prédio da avenida Getúlio Vargas pelo qual sempre passávamos no caminho para as minhas aulas de piano. Era um prédio baixinho, terroso e, como outros edifícios dali, parecia ter como ideal sinestésico a mesma tristeza difusa evocada pela terra batida e pelos campos vazios da perimetral da cidade, uma paisagem só interrompida pelas formações rochosas mais imponentes da Chapada, ou então, a muitos quilômetros de distância, pelo lamaçal suntuoso do Pantanal. Romualdo me respondeu que o prédio era a Escola Técnica Federal. Disse também que já era tempo de eu conhecer melhor a cidade em que vivia. "Você é daqui, você não é de lá não. Aprenda um pouco", disse, e seguiu em silêncio, dirigindo a caminhonete aos trancos, buzinando para quem estivesse na frente.

Às vezes, porém, seu humor sombrio se dissipava. Isso acontecia sem maiores explicações — como um céu que ameaça o dia inteiro garoar para depois lançar uma luz difusa, mais bela porque atravessa nuvens espessas que ainda resistem; e quando isso ocorria, eu me agarrava com ansiedade ao seu novo estado de espírito, enchendo-o de conversa fiada. Pedia que imitasse a fofoqueira Comadre Nhara, personagem de Juca de la Rúa, um comediante local que meu avô detestava; pedia também que ligasse o som num volume alto. Eu nunca havia esquecido da latinha de Coca-Cola que ele jogara na estrada no dia em que fora nos buscar no aeroporto. O gesto continha um abandono misterioso e difícil de definir, e por alguma razão eu queria ver o gesto de novo. Quando Romualdo estava de bom humor, eu tentava atiçá-lo a jogar mais coisas pela janela da caminhonete: revistas velhas, papéis de balinhas 7Belo que jaziam no copeiro. Eram pedidos cínicos, toscos, pois provinham de um infantilismo fingido que já não correspondia à minha idade — e eu notava que isso o irritava muito: as nuvens do céu frágil do seu humor se rearmavam. Frequentemente negava os pedidos com grosserias. Mas um dia paramos num sinal e ele, sem avisar, esticou a mão e pegou um galão de água vazio que estava embaixo dos meus pés no banco do passageiro. "Pronto, porra, tá satisfeito?", disse, rindo muito, enquanto o galão rolava e quicava como um tambor no declive da calçada. Os pedestres no ponto de ônibus se desviaram do objeto com certa languidez preguiçosa; acompanharam a trajetória do galão na calçada com desinteresse, olhares melancólicos.

Uma tarde paramos em outro sinal, e uma mulher lhe entregou um folheto de propaganda política. Esses folhetos eu não precisava pedir a ele que jogasse na rua — acumulavam-se rapidamente, enchendo o porta-luvas em poucos dias, e às vezes Romualdo catava um maço inteiro, rasgava e tacava pela janela. PFLS, PMDBS e PTS voavam como confetes pelo ar, num simbolismo dúbio da festa da redemocratização. Nesse dia, porém, ele leu o folheto com cuidado.

"Ih, lindinha, tá com esse cara aqui agora, é?", ele perguntou à mulher que segurava o folheto, apontando para o sorriso genérico e o dedo em riste que ilustravam a propaganda.

A mulher sorriu. "Tô não, meu bem." Sua maquiagem era tão espessa que parecia mais realçar do que atenuar os poros e as crateras do seu rosto. Atrás dela algumas pessoas agitavam bandeirões de partidos lentamente, como se o peso dos mastros fosse imenso.

"Anelzinho bonito esse aqui, hein", Romualdo disse, enquanto acariciava a mão da mulher e entrelaçava seus dedos nos dela.

Depois, enquanto dirigia, me contou brevemente como a conhecera. Parecia ditar um telegrama, enumerando palavras e expressões soltas. ("Gauchinha. Festival de Inverno. Chapada. Muito tempo atrás. Cobertorzinho.") Quando chegamos ao conservatório musical onde eu fingia aprender piano, começou a mexer a cintura e balançar o banco, mimetizando o sexo que fizera com ela. "Me come, negão! Me come, negão!", repetia, gargalhando. Seus dentes da frente eram duas meias-luas pequeninas e carcomidas, tingidas de roxos e amarelos e azuis-escuros prismáticos, e eu sempre gostava de vê-los.

Àquela altura, eu já tinha brigado uma vez no colégio. Um menino ruivo cujo nome não lembro, havia dito algo sobre o meu pai. Disse que meu pai era um gringo safado ou qualquer coisa assim. Era um insulto de uma qualidade muito genérica e muito específica ao mesmo tempo — podia indicar que as fofocas da minha família haviam chegado à casa do menino, ou que ele simplesmente havia constatado o fato (bastante óbvio, por sinal, por causa do meu sotaque ainda forte) de que eu tinha passado um tempo fora do país.

Reagi quase por convenção social, sem sentir a emoção aguda da ofensa. E talvez por isso, por eu estar tão alienado desse sentimento de injúria, a briga tenha acabado muito rápido. Rolamos por alguns segundos no pátio de concreto, agarrados um ao outro, esmurrando-nos, com aquela frustração típica de brigas em sonhos, onde tudo parece ocorrer debaixo d'água. A certa altura pincei o nariz do ruivo e não o deixei respirar mais, numa sacada momentânea que me pareceu vagamente covarde mas não exatamente ilegal.

Depois fui vomitar. A raiva e o choro, ausentes na burocracia da briga, surgiram em profusão nos dias posteriores, e sempre em momentos inesperados. A violência, tão catártica em filmes, era assustadoramente pastosa, ambígua. "Quem ganhou? Quem ganhou?", os meninos todos se perguntavam na sala, enquanto passavam bilhetinhos na penumbra dos projetores. Eu achava que tinha ganhado; mas também sentia que tinha perdido. "Não deixou o cara nem respirar, rapaz", Mauro, um menino gordo e de olheiras que sentava atrás de mim, me sussurrou quando voltei da diretoria naquela manhã. Não consegui decifrar seu tom: condenava minha atitude ou a celebrava?

Mas o murro de Romualdo, aquele outro murro, não parecia tão ambíguo assim. "*Rrrrrrrebentou* a cara do meu filho", o homem dizia do outro lado da linha. Por semanas, guardei o segredo da conversa telefônica como uma versão infantil da úlcera do meu avô — uma bolinha de queimação e vergonha em algum lugar vago do meu estômago. Temia que algo ocorresse logo, que Romualdo sumisse de vez ou que o homem aparecesse em casa com uma arma. Mas os dias passavam incólumes, tranquilos, como sempre tinham passado. "É para ele ir embora do Mato Grosso", o homem dissera. Era uma voz esganiçada, e a distorção da linha lhe dava um ar arcaico, caipira, um pouco como nos filmes do Mazzaropi aos quais meu avô nunca se cansava de assistir.

Meu avô raramente usava o imperativo. Sua forma de mandar era quase socrática. Seus diálogos eram sanfoninhas, que começavam numa pergunta sintética e se expandiam pouco a pouco em mais frases, até atingirem um ponto de tensão onde voltavam, de supetão, a uma frase mais simples: uma ordem destilada. Vendo de fora, era preciso prestar bastante atenção para entender a ordem. Nada exemplificava mais esse método do que suas conversas com Romualdo.

"Ocê foi lá?"

"Fui."

"No cartório, pegar a documentação?"

"Fui de manhã, seu José."

"A documentação para o Tribunal de Contas? Isso tem que ser entregue pro Ditinho, tá? Se ocê puder levar. Ocê conseguiu ir no cartório e no tribunal também?"

"Fui no cartório, e depois vou no tribunal, ué, mais tarde."

"Mas o cartório e o tribunal tão perto, num tão?"

"Tão, mas não fui no tribunal, vou depois."

"No tribunal ocê não foi?"

"Hum."

"Pode ir lá, então, se quiser."

Por semanas, fiquei entreouvindo a conversa deles na cozinha, na sala, tentando sempre decifrá-la e entendê-la, tentando separar o joio dos assuntos sérios do trigo da conversa fiada, esperando, com o coração na boca, que meu avô dissesse algo sobre o telefonema que recebera. Achava que Romualdo se exilaria, ou então que meu avô lhe daria pelo menos uma bronca pelo ocorrido. Mas nada acontecia. Talvez tivessem já conversado em privado, mas continuavam a se tratar da mesma forma de sempre — com afeto, gestos repentinos de raiva, e com a irritação da convivência, do cansaço diário do que nos é familiar demais.

Foi só algumas semanas depois que fiquei sabendo que o

incidente ocorrera na rua Duque de Caxias, num posto de gasolina. Romualdo tinha parado para abastecer a F-1000 e comprar um Halls. O rapaz e mais dois amigos estavam em frente à loja do posto, em frente à portinha de vidro, e quando Romualdo saiu e passou por eles, o som do carro dos três moleques — ainda que amplificado pelo porta-malas aberto e pelos graves de um batidão eletrônico — não estava alto o suficiente para abafar a provocação e a risadinha. Romualdo deu meia-volta e, decidindo rapidamente qual dos três tinha o rosto mais propenso a insultá-lo (teria olhado o nariz mais fino? a maçã do rosto mais proeminente?), enfiou-lhe um murro.

"Só um murro?", perguntei.

"Se precisar de mais do que um, é porque cê já apanhou."

Me contou a história sem que eu tivesse lhe pedido. Certa tarde, num espasmo de bom humor, finalmente pôs outra vez "Faroeste caboclo" para tocar no som do carro e, talvez inspirado pelo duelo de João de Santo Cristo e Jeremias, começou a me contar da vez em que levara dois tiros num sambão na Morada do Ouro. Levantou a blusa e me mostrou as duas marcas na pele. Fingi surpresa, como se já não tivesse escrutinado muitas vezes a topografia daqueles dois pontos carnosos e cor de caramelo, como se já não tivesse dedicado meus olhares furtivos a eles sempre que pude.

Depois dos tiros que o deixaram no hospital por semanas, ele decidiu comprar uma arma, mas andou com ela só por alguns meses. Perguntei por que parara de andar com ela. "Porque o diabo atenta", me disse. Com a arma no porta-luvas, até um "oi, tudo bem?" de uma pessoa qualquer na rua lhe parecia tingido de sarcasmo. Olhava à sua volta e todos pareciam estar ofendendo-o, fazendo troça. A arma era como um cachorrinho faminto que confundia bitucas de cigarro, pregos e papéis de bala com comida: em interações secas, ela via potenciais conflitos; em tentativas de piadas benignas, ela via o calor do desdém. Não dava para viver assim. Ele então deu a arma a um primo que morava no Cristo Rei e esperou que as interpretações impulsivas o abandonassem.

Esperou em vão. A arma foi embora, mas a sensação de que todos o ofendiam prosseguiu. Teve que no fim caçar algumas briguinhas de bar para se acalmar e afugentar esse sentimento.

Perguntei-lhe se era por isso que ele tinha esmurrado o cara no posto; e ele me disse que não, que o murro no posto tinha sido outra coisa.

No dia do incidente, Romualdo não ficou para ver o estrago. Os caixas lhe disseram depois que o rapaz tinha ficado estirado no chão e desacordado por um tempo, até que seus amigos chamaram uma ambulância. Romualdo me disse que enquanto os amigos do cara assistiam impassíveis, ele se agachara rapidinho para pegar alguns dentes que haviam caído da boca do rapaz. Falou que os dentes estavam guardados no porta-luvas e perguntou se eu queria vê-los. Eu lhe disse que não, não queria ver nada. Ele começou a rir. "Ô guri, você é muito sonso, tô brincando só."

Não perguntei o que tinha causado a briga. Talvez eu já soubesse e não quisesse ouvir Romualdo falar aquilo em voz alta.

"Era um dia ruim meu", disse mais tarde, sem que eu perguntasse, quando já estávamos quase chegando em casa. Tinha uma voz mansa, pensativa. "Sabe do que ele me chamou?"

Não respondi.

"De preto", disse, e tirou a mão da marcha por um segundo, passando o dedo indicador em cima da pele do seu antebraço, como se a mostrasse para mim. "Me chamou de preto, o gênio."

A primeira vez que provei o leite fervido da minha avó, senti os pedaços de nata empelotados na língua e fiquei com vontade de regurgitar. Mas não queria ofendê-la, e engoli tudo. Estávamos na fazenda, e ela me olhava com uma expressão séria enquanto eu virava o copo; tinha seu terço azul-bebê enrolado nos dedos. "Não gostou, meu bem?", me perguntou quando terminei o copo. Com o tempo, me acostumei àquelas crostas flutuando na superfície do líquido, e me acostumei ao fedor orgânico do leite, muito diferente do leite gelado e quase inodoro que vinha em galões e que minha mãe trazia do supermercado na Filadélfia. Posso até dizer que passei a preferir o leite mato-grossense ao leite americano. Essa preferência eu recitava sempre em voz alta, pois nada agradava mais à minha família do que saber que certas coisas do Brasil eram melhores que certas coisas dos Estados Unidos. Era como se os dois países estivessem sempre competindo em algum ranking metafísico, e tudo — paisagens, tiques linguísticos, produções cinematográficas — fosse passível de pontuação. Ao mesmo tempo, se eu exagerasse a contagem a favor do Brasil, achavam que estava fazendo troça deles; era importante que os Estados Unidos se mantivessem como uma entidade poderosa longínqua e estranha, ninguém queria que eu desmistificasse demais o império. Mas a memória daqueles primeiros pedaços de gordura, da nata tocando a minha língua e roçando os meus dentes, a memória daquele primeiro reflexo de vômito — aquilo nunca foi embora.

Era mais ou menos assim também com a vida que levávamos naquele lugar novo, o lugar onde eu supostamente nascera. Uma vida viscosa, densa, empelotada. Um ano já havia passado desde a nossa chegada. Apertados no quarto com três camas de solteiro, vivíamos em meio a um drama rococó diário — repleto de gritaria, piadas fora de hora, interrupções constantes na mesa e visitas-surpresa de parentes falidos —, e no começo o que eu mais queria era rejeitar essa vida, cuspi-la fora. Mas era impossível fazer isso. Rejeitar um insulto ou uma piada é algo factível (embora nem sempre seja fácil fazê-lo sem se prestar ao ridículo); mas como rejeitar um modo de vida que vinha de gerações, o próprio ar que se respira? As pelotas insalubres tinham de ser engolidas de uma só vez, com a esperança de que em algum momento mais magnânimo fosse possível apreciar o todo. E é possível apreciar o todo? Não sinto que eu esteja sendo justo ao descrever aqueles anos. Mas ninguém escreve para ser justo.

Havia uma instabilidade no ar e nos costumes que me parecia falsa, exagerada. A gritaria não era sincera; as discussões barulhentas e raivosas na mesona de almoço se escalonavam à toa para em seguida redundar em risos. Até as surras que meus primos levavam dos meus tios pareciam de meia-tigela. Certa vez, num almoço de domingo, meu primo Marco tomou umas cintadas apocalípticas (seu rosto enrubescido parecia prestes a explodir, e um pedaço de muco caía do seu nariz, esticando-se até quase tocar o chão). Eu senti uma pena imensa dele naquele dia, mas logo depois, enquanto eu ainda ruminava a cena aterrorizante, ele já estava lá fora com a espingardinha de chumbo, tentando outra vez acertar os bem-te-vis que pululavam nas amendoeiras. O rubor da sua face já era mais difuso — do vermelho do terror ele passara, em questão de minutos, para o rosa do monarca bonachão.

O murro de Romualdo, porém, rompia com essa agitação neurótica e sem propósito. Um murro bem dado é, afinal, *propósito* em seu estado mais puro. Aspira a ser algo decisivo, final ("Se precisar de mais do que um, é porque cê já apanhou"). Às vezes, antes de adormecer na cama, eu olhava para o teto e pensava na cena: os meninos rindo no posto, e Romualdo avançando alguns passos na direção deles pela noite. Pensava no momento brevíssimo em que o menino — vendo o braço parrudo se enrijecendo, a mão gorda se fechando — compreendia que uma regra tácita do mundo estava prestes a ser quebrada, e que ele, tão protegido pela história e pela sorte das origens, estaria agora lançado à intempérie. "Playboy filho da puta", Romualdo havia resmungado quando me contara a história. Seu gesto parecia impossível, mas na verdade gestos assim aconteciam todos os dias; bastava uma faísca. Tomara que ele não precise ir embora, eu pensava antes de dormir.

Minha avó nasceu no dia 24 de junho, e todo ano meu avô organizava uma festa de são João para ela na fazenda, com muita comida, fogos e música. Parentes vinham da cidade e de outros pontos vagos do Centro-Oeste, e ocupavam os quartos, a sala do casarão, dormiam embaixo da mesa de bilhar. Na beirada do declive de terra que levava ao açude, sob uma cobertura de galhos espinhosos que lembravam a coroa sangrenta de Jesus (imagem ubíqua, essa), armava-se uma mesa longa de bufê. As travessas de aço inox — preenchidas de sarapatel, arroz com charque, costela de boi, feijão-preto, linguiça, coxinhas de frango, farofa de banana, doce de figo, goiabada e queijo — reluziam com seus brasões e desenhos barrocos; era como se elas quisessem assumir, por si sós, os custos do vazio imagético ao redor, dos campos vastos e do gado esparso no horizonte.

Nas margens do açude, à distância, um pontinho se mexia no mormaço do meio-dia, pondo e ajeitando as estacas para a fogueira de são João. De vez em quando, o pontinho parava e se mantinha imóvel por alguns segundos. Ato contínuo, como se tivesse se esquecido de algo e lembrasse repentinamente, se mexia outra vez, voltando a transportar as estacas debaixo de um céu cinza e aquoso. Aí meu tio Betinho, já na fila do bufê com seu prato cheio, dava um assobio longo e Romualdo subia o morrinho para almoçar conosco. Subia lentamente, com a camiseta enrolada na cabeça como um turbante.

Minha mãe observava com espanto a gula da família. Era como se a estivesse notando pela primeira vez. "Meu Deus", dizia a mim e à minha irmã, enquanto meus avós, tios, primos e primas avançavam apressados pela fila do bufê, "eles têm que aprender a esperar os convidados, não é possível isso." Era um alvoroço, uma bagunça; ninguém queria sentar nas mesinhas e ficar vendo os outros comerem em pé, e logo todos comiam em pé. Equilibravam o prato de plástico molenga numa das mãos e seguravam a Coca-Cola na outra; e quando tudo ia para o chão, ninguém se importava, porque bastava voltar à fila e pegar mais. Meu avô comia sozinho, sentado num canto qualquer, mas sua avidez solipsista parecia até mais intensa que a dos demais — atacava a coxinha de frango com as duas mãos, sem nunca tirá-la de perto da boca, como se estivesse chupando manga, enquanto minha avó, mais meticulosa (embora não exatamente paciente), roía e raspava o milho verde em bicadas de passarinho, até deixá-lo pálido. O Comunista se deleitava com a costela de boi. "Mato Grosso não tem dentista bom", resmungava, quando a dentadura se deslocava na sua boca; então a ajeitava e mordia com mais vontade ainda, sem se incomodar com os pedacinhos mínimos de arroz que às vezes untavam seu queixo.

Minha mãe mantinha a sobriedade só até chegar à fila, pois a gulodice parecia de fato estar no nosso sangue (o açúcar correndo nas veias das gerações, os corações todos remendados). Ansiosa, sem conseguir se ater às opções do seu prato, ela mexia na nossa comida, pegando pedacinhos de charque com a mão ou roubando colheradas da farofa de banana, até que minha irmã, solipsista como meu avô na hora de comer, gritava, com os olhos marejados: "Larga o meu prato! Me deixa em paz!".

Romualdo às vezes comia com a gente, misturado ali no alvoroço do bufê; outras vezes sentava-se a uma mesa mais afastada, junto com Rubião, o caseiro, e Maria, sua esposa. De banho tomado, com os cabelos úmidos e penteados, Rubião, Maria e os quatro filhos comiam com calma, segurando com punhos cerrados o cabo dos talheres. Sentados nas mesas e nas cadeiras brancas de metal — alugadas, com a logomarca terna do copinho cheio de espuma da Brahma —, pareciam observar com desinteresse a gritaria no bufê, enquanto Magé, um dos vira-latas da fazenda, esperava por sobras de comida com o mesmo estoicismo da família, fungando furtivamente sem chegar muito perto dos pés deles, por medo de levar um chute ou um tapa. Todos comiam em silêncio, abrindo a boca só para mastigar. Todos tinham a coluna ereta. Se Romualdo demorasse muito a subir o morro para almoçar, Rubião dizia: "Esse ano a fogueira vai ser grande, e vai ter muitos fogos". Dizia algo assim, e ninguém, nem a esposa nem os filhos, lhe respondia; seguiam apenas comendo. Pareciam fazer pouco-caso de Rubião enquanto almoçavam, mas assim que todos terminavam de comer, a autoridade patriarcal dele se restabelecia como se por mágica; e aí os filhos voltavam a tratá-lo por "senhor".

Os fogos foram o que mais ficou na minha memória. Na manhã da festa, antes de a maioria dos convidados chegar para o almoço, meu tio Betinho reunia todos os sobrinhos e também os quatro filhos de Rubião na sala do casarão. Com rigor numérico, distribuía pacotes de estala-salão, traques, estrelinhas, bombinhas. A equidade parcimoniosa dessa distribuição era logo desmantelada, pois meus primos Marco e Vitinho sempre acabavam com seus pacotes mais depressa que os outros. Para assustar os adultos que jogavam truco e buraco na varanda, os irmãos preferiam desenrolar os estalinhos, pegar a pólvora e fazer bombinhas caseiras mais potentes. Lançavam-nas num efeito metralhadora ao redor das mesas de metal ("Ô criançada do caralho", alguém resmungava); e às vezes as lançavam na cozinha para maior efeito acústico (Maria se mantinha impassível ante os estrondos, assobiando e continuando a mexer a panela ou depenar a galinha). Depois de duas ou três grandes explosões, começavam a mendigar fogos dos primos. "Deixa eu tacar as suas, vai", Marco me pedia. Me dizia então que nos Estados Unidos aquelas bombinhas não existiam, porque eram muito perigosas e proibidas por lei lá — eu podia até perder os dedos se não soubesse acendê-las e jogar direito. Era uma típica improvisação do Marco — plausível, irritante, difícil de rebater.

Eu fingia relutância em lhe entregar o que pedia, mas na verdade gostava de observar sua destreza com os fogos. Ele, Vitinho e Isaías, o filho mais velho de Rubião, se ajoelhavam nos ladrilhos da varanda e começavam a desenrolar os papeizinhos e espalhar a pólvora pelo chão. Eu me mantinha distante, só olhando, pois realmente tinha um pouco de medo das explosões. Eles pegavam papéis de seda e os enchiam com a pólvora de cinco, dez traques, e lambiam e amarravam tudo numa maçaroca cinzenta. As horas do dia passavam, logo chegaria a noite e a festa, e as bombinhas iam crescendo pouco a pouco; cada vez mais eles aumentavam a quantidade de pólvora nas maçarocas, testando até onde podiam chegar.

Às vezes minha avó passava pela varanda e, ao nos ver concentrados em volta do experimento, dizia na direção do meu primo: "Toma cuidado, Marco". Dizia a frase sem convicção, já ansiosa à espera dos convidados, pensando em outras coisas no entardecer. Maquiada e sem os óculos, com os sapatinhos pretos reluzentes, caminhava em círculos, na sombra das amendoeiras e jacarandás, ao lado dos balanços que nunca usávamos, tentando avistar os carros na estradinha de terra além da porteira. Quando a bomba explodia perto das mesas de carteado, nós saíamos correndo pelo cascalho. "Êêêêêêh…", minha avó entoava, e botava a mão no peito, numa pantomima atrasada e pouco convincente de um susto.

Os fogos na beira do açude, porém, eram os fogos de verdade, e nesses só Romualdo podia encostar. Ficavam guardados no compartimento mais alto de um armário de portas verdes e mal pintadas, no quarto do casarão em que o Comunista dormia. Não raro, na tarde da festa, entrávamos ali de fininho (um gesto de mero respeito simbólico, já que nada acordava o Comunista depois do almoço) e abríamos o armário. Víamos então no alto cilindros imensos, objetos semelhantes a canos de banheiro e de cozinha. Até os rojões mais discretos eram do tamanho de um antebraço, e pareciam relegar nossos traques e bombinhas ao status de meros brinquedos de criança, o que de fato eram. Marco dizia já ter estourado rojões como aqueles, e nós acreditávamos.

Os fogos eram lançados à meia-noite. Os convidados desciam o declive de terra juntos, do casarão até o açude, de braços entrelaçados, numa espécie de procissão. Meus tios e seus amigos, alguns cambaleantes depois de horas de truco e cerveja, iam na frente carregando uma escultura de são João, enquanto os outros em volta seguravam velas e cantarolavam. Na beira do açude a fogueira já queimava alta; a madeira explodia, e faíscas estalavam. As velinhas iluminavam tenuemente os rostos na escuridão. Alguém então puxava um pai-nosso. O tom da reza parecia mais sepulcral — mais carregado de sentido, talvez — do que as preces que eu entoava no refeitório do St. Andrews, meu colégio na Filadélfia, onde antes de comer eu emitia fonemas sem sequer me dar ao trabalho de coligar as letras ou frases na cabeça (por anos rezei assim, sem ter a mínima curiosidade de descobrir o que saía da minha boca). Agora eu empreendia uma energia cognitiva mínima nas frases, mas elas ("assim na terra como no céu"; "livrai-nos do mal") só me amedrontavam. Eu não gostava do tom fúnebre das preces e dos quadros de Jesus ensanguentado na parede dos meus avós. "Agora e na hora da nossa morte" era a frase que mais me desconcertava: ao pronunciá-la, eu sentia um medo profundo, um medo de que minha vida já estava terminando ali, quando ela devia estar começando em algum outro lugar, bem longe.

O pai-nosso chegava ao fim, e no silêncio só se ouvia o crepitar da madeira, os sons orgânicos de sapos e cigarras. Algum bêbado gritava: "Viva são João!". Ao que o grupo respondia, em tom marcial: "Viva". Aí Romualdo se aproximava da fogueira. Restos de construções passadas — pedaços de telha, lascas de cimento — jaziam numa espécie de encosto para os fogos, e enquanto ele se preparava para acendê-los, a luz da fogueira se refletia no seu rosto oleoso, dando-lhe uma aura sacra: parecia são Benedito. Com um remendo comprido feito de rojões já usados, ele esticava o braço com cautela e queimava a ponta do papelão, mantendo certa distância. "Eu sei acender também, ano que vem vou tentar", Marco dizia para alguém ouvir; seu pai o fitava com fúria e punha o indicador nos lábios, num sinal para que ficasse quieto. O fogo se alastrava lentamente, escurecendo e encaracolando o papel antes de avançar, até que, em meio à espera apreensiva, um rojão acendia, depois outro, e mais outro. Os fogos começavam a explodir e reluzir na escuridão, os rojões pipocavam, luzes pálidas e fracas no céu, e os sorrisos e suspiros de fascínio de repente pareciam relaxar Romualdo, que agora abandonava seus remendos e usava fósforos Fiat Lux de cozinha para acender os fogos, chegando bem mais perto do bico dos cilindros. "Ele vai perder um braço assim, meu Deus do céu", minha mãe gritava, enquanto as conversas barulhentas e as risadas dos convidados e da família ao redor sufocavam sua exasperação. "Olha lá, gente, pelo amor de Deus, não pode chegar tão perto assim." Ela repetia os avisos, ficava repetindo-os, mas quando eu virava a cabeça, sua atenção já estava no céu outra vez. "Olha lá", dizia, botando a mão no meu queixo e erguendo minha cabeça. "Que bonito, olha lá, não vai perder os fogos."

* * *

Naquele ano, Juca de la Rúa, o comediante mais famoso da região, havia sido chamado para entreter os convidados no dia seguinte ao da festa. Filas de cadeiras metálicas foram improvisadas entre a varanda e os carros estacionados no cascalho, e De la Rúa desfilava de bobes no cabelo e ruge nas bochechas, incorporando Comadre Nhara, a fofoqueira que sabia da vida de todo mundo. A plateia soltava gargalhadas estrondosas; mas meu avô, sentado numa cadeira um pouco mais afastada, mantinha o semblante sério. Ele não gostava de Juca de la Rúa. No primeiro ano em que contratara o comediante para a festa de são João, Comadre Nhara pedira ao meu avô que subisse ao palco para uma brincadeira. Meu avô não quis subir. Comadre Nhara insistiu. "Ô José, mas o cartório tá indo tão bem", ela disse. "Ocês tão chique demais! Até show de Juca de la Rúa ocês contratam. Vem cá falar com a Comadre."

Fazer trocadilhos sexuais e piadas homofóbicas, falar de cu e buceta e pintos grandes, era aceitável; mas falar de dinheiro, fora do ambiente familiar, para os convidados ouvirem, era outra coisa. Eu nunca soube o que aconteceu depois que o comediante disse aquilo, mas não é difícil imaginar o silêncio da plateia e a expressão fechada do meu avô.

Nos anos que se seguiram, porém, Juca de la Rúa continuou a ser chamado para as festas. Seu cachê aumentou. Meu avô lhe pagava por intermédio de Romualdo, não lidava diretamente com ele. Antes das apresentações, minha mãe e minhas tias faziam tratativas conspiratórias para que De la Rúa desse a garantia de "não mexer com papai". De la Rúa, com seus lábios finos e olhos pretos, era conhecido por descumprir acordos como aquele. Havia em seus personagens folclóricos algo cínico que visava expor os locais que o incensavam (morreria cercado de rumores sobre ter contraído HIV, envolto nas mesmas fofocas provincianas que alimentavam seu personagem mais famoso). Sempre havia uma tensão latente quando ele subia à varanda para se apresentar; todos tinham medo de que "mexesse com papai". E, apesar disso, todo ano meu avô sentava no meio da plateia e assistia ao show sem dar uma risada sequer, como fazia naquela manhã. Talvez repetisse a posição original do conflito para que o suco da tensão fosse extraído e sobrasse só o bagaço estéril de um momento desconfortável ocorrido muitos anos antes. E, assim, a cada ano De la Rúa voltava, envelhecido, cansado — o ruge das bochechas mais exagerado, seu caminhar pelo palco mais histriônico.

Ele tinha trocado de roupa, posto uma camisa xadrez e pintado de preto alguns dentes; segurava uma garrafa de pinga e descrevia as fezes de um cachaceiro ("Tudo molinho assim, ó") quando a bombinha explodiu e ricocheteou embaixo de uma das cadeiras no cascalho. Os convidados se dispersaram. Alguns correram em direção à porteira, outros para dentro do casarão. De la Rúa não se moveu, apenas tirou a peruca e, com um ar resignado, sentou-se numa cadeira ao lado das caixas de som e acendeu um cigarro. Lembro-me dele de touquinha e ruge, fumando tranquilamente após a interrupção do seu show; não parecia outra pessoa, mas pessoa nenhuma, um receptáculo vazio de identidades. Há poucas coisas mais sombrias do que um palhaço ou um comediante na sua hora de descanso, bicando seu cigarro de palha e olhando para o horizonte.

A comoção se desfez rapidamente, mas o show não continuou, e as caixas de som voltaram a tocar cançõezinhas paraguaias e rasqueados, num volume mais baixo. Marco estava ao lado de uma mesa de truco, insistindo para que o deixassem jogar, quando seu pai, meu tio Julio, o chamou de longe, com um assobio entrecortado, que parecia um canto de passarinho.

O assobio bucólico do meu tio evocava algum outro significado privado, porque assim que o ouviu, Marco contorceu o rosto, como se sentisse vontade de vomitar. "O que que eu fiz?!", ele gritou da mesa, já com os olhos marejados, enquanto meu tio o esperava no cascalho, perto dos balanços. "Tô aqui tentando jogar truco com o tio Betinho!" Tio Julio apenas subiu a oitava do assobio. Quando me lembro dessas surras que meus primos levavam, e que até minha mãe às vezes me dava em seus momentos mais frágeis, penso, de novo, em como a iminência de um evento ruim é quase sempre pior do que o evento em si. "Vou te bater amanhã", o pai dizia a Erdosain, o personagem de Roberto Arlt que poderia ter sido também personagem de Dostoiévski. E o menino Erdosain passava a madrugada inteira rezando para que a luz difusa da manhã não aparecesse debaixo da sua porta, para que o tempo se suspendesse milagrosamente. Nossas surras não eram tão escabrosas assim, é claro.

"Você vai pedir desculpas", meu tio ordenou ao meu primo, "e não minta para mim que não foi você." A seu lado, um homem magérrimo e moreno, com as ruínas de acnes passadas no rosto, tentava dissuadi-lo de aplicar qualquer punição ao filho. "Deixa disso, querido, deixa disso, já passou." Marco por sua vez tentava persuadir o pai de que não tinha sido ele que deixara a bombinha embaixo da cadeira do sujeito. Mas meu tio, segurando em sua mão as marcas autorais inconfundíveis (resquícios de papel de seda manchado de pólvora preta), não aceitava. "Deixa disso, deixa disso, querido, já passou o susto", o homem magro repetia. Demorei a reconhecer sua voz. No telefone, imaginara alguém gordo, de barba e bigode, e tive que me reconciliar rápido com a nova configuração: o corpo franzino, a cara cheia de ruínas hormonais, uma pele quase amarelada, como se sofresse de alguma deficiência vitamínica.

Já seu filho tinha o porte inchado de quem fizera musculação desde cedo (ou *musculation*, como meu pai dizia, anglicizando a palavra para que o costume brasileiro soasse mais ridículo). Tinha o tórax e os bíceps grandes, mas sem as curvas de definição muscular, o que no colégio diziam ser sinônimo de bomba. Eu o vi mais tarde, na mesa de carteado, tomando cerveja e jogando truco com alguns dos meus primos mais velhos, enquanto o pai lhe dizia algo no ouvido. Parecia ter uns vinte anos e usava o cabelo preto liso no estilo asa-delta — o corte que minha mãe, talvez por um vago orgulho cosmopolita da sua vida anterior, não me deixava usar por ser "muito cafona". Me parecia incrível que ele e o pai estivessem ali, comendo, bebendo. Observei-o, tentando notar se algum resquício do murro de Romualdo sobrara no seu rosto, mas não notei nada além da córnea irritada, uma vermelhidão no olho esquerdo que não necessariamente tinha a ver com a porrada que recebera. Olhava para ele e para o pai de longe, esperando que qualquer coisa acontecesse. Mas eles mal interagiam com meu avô. Apenas comiam, bebiam, jogavam cartas.

Alguns convidados e parentes voltavam para as suas casas só dias depois da festa. Sacavam lençóis e colchões amarelados dos porta-malas, e os espalhavam pelos quartos e pela sala do casarão. Por dias esses convidados viviam num limbo confortável que não era nem festa nem visita de feriado, jogando cartas com meus tios e tias, bebendo no entardecer e em seguida jantando os restos do bufê que Maria deixava na geladeira. O cheiro vago de álcool e as bitucas velhas de cigarro (enfileiradas de forma equidistante nas bordas das janelas, como se tivessem sido submetidas a algum jogo improvisado por crianças), bem como a presença de estranhos que roncavam e peidavam na sala, me tiravam cedo da cama nesses dias. Eu saía para caminhar pela fazenda, e, sem os ruídos das conversas e carteados, a paisagem ganhava contornos mais nítidos; um pouco como as ruas de uma cidade recém-lavada pela chuva parecem entrar em foco. Cavalos balançavam o rabo e bebericavam à beira do açude. As folhas das amendoeiras, atravessadas pela luz forte do sol, pareciam bem mais finas — o verde denso era trocado por um amarelado translúcido, leitoso. As veias nas tetas das vacas pareciam mais cheias de sangue e me faziam pensar na topografia azulada das varizes do meu avô. Para os padrões dos latifúndios do Mato Grosso, a fazenda era pequena. Mas ela me parecia infinita nessas caminhadas. O horizonte vasto e mormacento podia evocar tanto a ansiedade da insignificância como a calma de não ligar muito para o mundo. E, nos espaços vazios, qualquer arvorezinha ou pé de caju pareciam mais carregados de sentido, como se fossem ruínas de uma civilização antiga. A casinha de Rubião, um caixote de concreto branco e de paredes descascadas que ficava um pouco além da porteira, tinha um pequeno rombo no vidro da janela que não havia sido consertado nunca e que estava sempre precariamente coberto por esparadrapo e fita Durex. Às vezes eu passava por ali e pelo rombo via, de relance, relíquias da vida íntima da sua família — os rosários pendurados na parede; o calendário com a Virgem Maria; o coração de Jesus enfiado numa coroa de espinhos. A decoração era muito parecida com a do quarto dos meus avós.

Essas caminhadas, na minha memória, demoravam três ou quatro horas; mas deviam na verdade durar apenas dez ou quinze minutos, porque quando eu voltava, meu avô estava na mesma posição de antes, sentado numa cadeira de vime na varanda, com o *Jornal do Brasil* aberto. Todo mundo ainda dormia no casarão, e seu cabelo úmido e branquíssimo, delicadamente penteado para trás, sugeria o gosto dele por acordar cedo. "Escreveu uns poeminhas?", me perguntava, pondo a língua entre os dentes (um tique seu que podia indicar tanto deleite como certo esforço físico). Lançava então, distraído, algum futuro possível para mim, como um cartomante meia-boca.

"Ocê vai crescer e escrever crônica, que nem Nerson Rodrigues, acabar com tudo essa corruptaiada aí do Estado..."

"Vai ser cadete, andar com aquele uniforme bonito..."

"Vai ser dipromata."

Raras vezes falava do cartório. Quando o fazia, lembrava que haviam passado uma lei que punha fim à hereditariedade da concessão. Essa lei era frequentemente mencionada em almoços na Otiles Moreira. "Os netos já não vão poder continuar com o cartório", meu avô dizia, com uma tristeza peremptória, como se tempos difíceis estivessem por vir. Fora de casa, e conforme eu crescia, as pessoas também mencionavam a tal lei. No colégio, me perguntavam, com curiosidade fingida e talvez algum ressentimento, o que a "terceira geração faria", já que as concessões agora eram por concurso público. Mas ninguém parecia totalmente sincero nessas afirmações. Nem meu avô parecia ter tanto medo assim do futuro, nem as outras pessoas pareciam realmente acreditar que o cartório, essa máquina estatal tão identificada com o "José do 8º Ofício", pudesse de fato sair das mãos dele.

"Romuardo!", meu avô gritou.

Eventos chegavam assim, em sequências atropeladas. Meu pai, por exemplo, às vezes ficava semanas sem ligar para o meu avô, e de repente ligava três, quatro vezes na mesma semana.

O homem acnoso e seu filho bombado estavam no cascalho, já prestes a partir da fazenda, quando meu avô foi se despedir deles e gritou o nome de Romualdo. Eu assistia a uma pelada que acontecia ali — meus primos e os filhos de Rubião jogavam descalços, mas eu não conseguia, porque a sola dos meus pés ardia ao pisar nas pedras e galhos e tampinhas de Brahma fervendo

— e devia estar fitando meu avô muito indiscretamente sem me dar conta, porque ele disse: "Vem cá, bicho do mato", e assim fui mais para perto deles.

Romualdo apareceu na varanda do casarão com um saco de gelo nas mãos.

"Ocê vai descer para a cidade hoje lá?", meu avô lhe perguntou de longe. "Para pegar meus exames na Santa Casa?"

"Vou mais tarde, seu José."

"Pode ir mais cedo, se quiser, já que ocê não tá fazendo nada." O gelo escorria e untava os braços de Romualdo. "Dá pra ir e voltar. Quero que ocê leve meus amigos lá porque eles também vão fazer uma consurta. A mandíbula do menino tá toda arrebentada."

Como se respondesse mnemonicamente à frase do meu avô, o rapaz passou o dedo indicador na mandíbula, num movimento circular.

"Tô ajudando Betinho a trazer a cerveja", Romualdo respondeu. Notei que suprimia sua irritação, como fazia se eu insistisse com alguma pergunta quando estávamos no carro, ou quando cutucava meu pé para que eu acordasse. "Tô trazendo também os pacus e pintados para Betinho", prosseguiu, tentando se livrar da tarefa. "Para a peixada de hoje à noite."

"Ah, hoje à noite tem peixada", meu avô disse com um ar conspiratório ao homem e ao seu filho, "quero que ocês fiquem aí, deixem o carro aí." Em seguida tirou um talão de cheques do bolso da camisa. Sua arrancada de cheque era menos estética que a do meu pai, mas ainda assim elegante — a leve tremedeira na sua mão direita dava um toque de dramaticidade ao gesto. Mas para que era o cheque: para a consulta médica do filho do homem? Notando que a conversa se estenderia, Romualdo escapou com o saco de gelo para dentro do casarão e disse: "Já volto".

"Esse daqui é meu neto", meu avô disse, passando a mão na minha cabeça, como se de repente lembrasse de me apresentar.

80

"O americano?", o homem perguntou, dando-me uma piscadela. "Prazer, sou o Pereira." Estendeu a mão para mim. Ele e o filho me olhavam com uma desconfiança benigna, como se eu fosse alguma figura pública famosa e controversa (de certa forma, os Estados Unidos eram essa figura, e eu era os Estados Unidos).

Quando Romualdo voltou da cozinha, parecia afetar leveza. Tinha o jeitão forçosamente tranquilo de quem preparou um discurso e quer fazê-lo soar o mais natural possível. Explicou ao meu avô, em frases rápidas e atropeladas, que Betinho tinha ido de Belina buscar coentro na estradinha ao lado, e que ia ser difícil levar o homem e seu filho para a Santa Casa.

"Ora, vai na F-1000", meu avô disse.

A caminhonete estava no cascalho. Seus faróis desligados pareciam olhos, a frente vagamente angular evocava uma bocona séria.

"Seu José...", Romualdo disse, com jeito. "Não cabe não."

Meu avô ficou quieto; simplesmente se levantou e, meio encurvado, começou a arrastar os pés lentamente até a F-1000. Quando chegou nela, tentou abrir a porta uma, duas vezes. Não tinha força suficiente no polegar para apertar o botão na maçaneta. "Romuardo, vem cá!", gritou, irritado, e como se saíssem de um transe, Romualdo, Pereira e seu filho correram até ele.

"Entra aí, vamo vê se não cabe", meu avô disse, botando a língua entre os dentes.

Romualdo entrou pelo lado do motorista, o filho do Pereira pelo outro. Ocupavam a cabine inteira.

"Ô José", Pereira disse, "acho que não cabe mesmo..."

"Cabe sim, é só apertar", meu avô insistiu. O filho do Pereira passou então uma das pernas (desproporcionalmente finas, se comparadas ao torso e aos bíceps inchados) sobre a marcha e ficou com a outra perna do lado do passageiro. "Posso tentar ir na caçamba...", ele disse, encabulado.

"Tá louco?", seu pai retrucou. "São oitenta quilômetros."

"Aperta", meu avô insistiu, fazendo um gesto de espanar com a mão para que o filho do Pereira chegasse mais perto de Romualdo. "Encosta nele."

Em seguida Pereira entrou. Sobrava muito pouco espaço na cabine. Ele teve que colocar uma perna em cima do filho, quase sentando no seu colo. A porta da caminhonete fechou, e, prensado na janela, o rosto do Pereira — com aquelas ruínas hormonais, o vapor da sua respiração umedecendo o vidro — parecia mais triste. Senti pena dele pela primeira vez.

Romualdo deu partida no motor e o deixou ligado por um tempo, enquanto eu e meu avô esperávamos pela saída da caminhonete.

Meu avô bateu na janela, fez um gesto para que baixassem o vidro.

"Será que vai dar?", perguntou. "Ou cês tão muito apertado aí?"

"Vai dar sim", Romualdo disse, e arrancou. Ficamos olhando por um tempo a caminhonete seguir além da porteira, a luz dos freios piscando indecisa enquanto ele negociava com os buracos e declives da estradinha de terra. Ato contínuo, ouvimos um estrondo e vimos, entre as folhas das amendoeiras, a fumaça fina e sinuosa de um rojão dos grandes. Marco. Na luz do dia, a fumaça do rojão era quase invisível, e por uns instantes acompanhei seu trajeto.

Depois de trazer o pai e o filho de volta para a peixada, Romualdo passou o resto da tarde entre o casarão e o açude, desarmando a fogueira de são João. Do cascalho dava para vê-lo, um pontinho minúsculo mexendo para lá e para cá no poente, carregando as estacas e tirando os papelões dos rojões gastos, os pedaços de telha, os tijolos, as lascas de cimento. Às vezes parava para descansar, e então seguia trabalhando.

4.

O Alfa Romeo, o Rolex: não lembro de muitas outras posses do meu pai. Seus gastos eram intangíveis, de evaporação fácil, um pouco como ele próprio. Pegava o carro e nos levava a Vermont, a Martha's Vineyard. Circulava pelos quartos de hotéis com destreza, desembrulhando os pacotinhos de sabonete e xampu, explicando a mim e à minha irmã como usar o chuveiro. Tinha um instinto infalível para a tevê do quarto e desvendava rapidamente os comandos misteriosos do controle. Nos guiava pelos corredores acarpetados, por aqueles labirintos cuja luz tênue servia não a imagens religiosas mas a deuses seculares — nos guiava até que chegássemos, com certa surpresa, ao canto escuro onde ficavam as máquinas de Coca-Cola.

Uma das contradições da sua ânsia por dinheiro era que não tinha grandes vícios. Não bebia, não fumava. Em Atlantic City, não fomos ao cassino; minha mãe ficou lendo no quarto e ele desceu comigo e com minha irmã à piscina do hotel. Nos assistia enquanto brincávamos num caça-níqueis de mentira que havia no lobby. "*Quase* fez a trinca", dizia, levemente irônico. Havia uma estranha falta de organicidade no seu corpo. Não usava desodorante e tinha um vago orgulho disso ("Cheira aqui", me dizia, mostrando a axila, e de fato o cheiro era quase neutro, tingido de leve por um odor doce e agradável). Quando defecava de porta aberta, enquanto folheava o *Philadelphia Inquirer* ou o *New York Times*, o cheiro difuso da lavanda e o cheiro mais áspero da tinta do jornal não se dissipavam inteiramente, mascarando o cheiro da sua bosta. Sua careca era meticulosamente aparada nas laterais, e ele disfarçava bem os pelos do corpo. Suas roupas eram discretas, bem cortadas.

Certa vez nos levou a uma estação de esqui em Poconos. Deve ter sido em 1990 ou 1991, quando eu ainda tinha sete ou oito anos. Pegamos uma estradinha de asfalto, envolta por pinheiros e faias, por sua vez envoltos numa névoa fina. A estradinha era tortuosa, e subimos muito lentamente; às vezes eu olhava pela janela do carro e via no chão capas muito finas e translúcidas de gelo. Ele raramente me pressionava a fazer alguma coisa (tinha uma doçura pegajosa, uma doçura que criava uma distância entre nós ao invés de aproximar-nos), e às vezes eu até desejava que me impusesse algo, que se encaixasse melhor no estereótipo de um patriarca. Naquele dia isso aconteceu. Ao som de baterias eletrônicas e sintetizadores que saíam dos alto-falantes da estação de esqui — a década de 1980 já ganhava o ar triste de algo *no passado* —, ele insistiu para que eu esquiasse. "Vamos, desce o morro", dizia, finalmente falando como um homem adulto. "É muito fácil, você consegue, não pensa muito." Depois repetia as ordens em inglês, no seu sotaque peculiar. "*Cmon' let's do it. On you go now.*" Ficamos nessa por um tempo. Esquiar parecia ter para ele uma importância fundamental.

Não obedeci. Não desci o morrinho da estação naquele dia, e quando voltamos ao hotel, me deitei na cama imensa do quarto. Descansei a cabeça na barriga da minha mãe, enquanto ela assistia tevê de sutiã e calcinha, e adormeci ali mesmo, ouvindo o maremoto da sua digestão: as ondas revoltosas das suas enzimas, o vaivém quebradiço do seu suco gástrico.

Os cafés da manhã nesses hotéis eram suntuosos, e a atmosfera deles — a luz do hemisfério Norte chegando em filetes à nossa mesa, os talheres pesados nos quais nos víamos desproporcionalmente refletidos — gerava no meu pai uma espécie de excitação geográfica. Ele falava da sua possível transferência para outro país. Contava-nos sobre supostas oportunidades nas supostas filiais do suposto banco em que trabalhava. Nunca esclareceu sua posição lá, embora certa vez, pressionado por minha mãe, tenha murmurado algo como *"managing director for emerging markets"* (tinha um ouvido sublime, esse instinto para o que soa verossímil). O banco precisava de alguém em Frankfurt com urgência, nos disse uma vez. Mas havia também uma possibilidade na filial de Milão, e outro emprego (o salário poderia ser até maior) na seção de análise de crédito. O escritório de Bombaim é tremendo, tremendo, vou levar vocês lá um dia para conhecerem. A Índia é uma civilização antiga tornada Estado-nação, a Índia tem lastro, não é essa coisa derivativa de vocês, essa mistura de coqueiro e medalhão, a economia lá vai começar a crescer: o Brasil é um lixo perto da Índia. Para o Brasil nós não vamos, dizia, enrijecendo o indicador e dando toques com a ponta do dedo na mesa. Era como se apontasse para baixo, numa sugestão pouco sutil de que o país da minha mãe era o inferno, algo que por sua vez ele não se furtava de dizer explicitamente com alguma frequência.

Minha mãe ouvia esses delírios geográficos com uma expressão vagamente desdenhosa (olhos virados, lábios sutilmente tensionados, numa espécie de biquinho). Mas vez ou outra ela suspendia a desconfiança. "Vai ser bom", emendava, tentando se animar, "porque assim as crianças aprendem mais línguas." O poliglotismo talvez fosse o único ponto em que ela e meu pai fundamentalmente concordavam. Os dois viam na aquisição da segunda língua ("Second Language Acquisition", tema de doutorado da minha mãe, sob a orientação rigorosa de Myriam Thornton, estrela acadêmica da Universidade da Pensilvânia) uma virtude inquebrantável.

Em meio a tantas referências a países longínquos em continentes diversos, meu pai quase nunca mencionava seu próprio país como destino, e talvez não seja tão surpreendente que tenha sido justamente lá que fomos parar um ano, pouco antes de ele e minha mãe se separarem de vez. Vivíamos ainda em Drexel Hill, as luzinhas de Natal ainda não tinham sido tiradas da sala, os pinheiros e os carvalhos embranquecidos nos embrulhavam na reclusão peculiar do inverno americano. Uma reclusão ansiosa do núcleo familiar, onde visitas de amigos e colegas acadêmicos da minha mãe eram recebidas com fanfarra e alívio num primeiro momento, para quase imediatamente depois gerarem ressentimento; pois mal as visitas chegavam, nós já queríamos ficar sozinhos de novo, para assistir tevê juntos e comentar os programas em português.

Nesse dia meus pais tiveram uma briga feia por causa de Pinochet. Falavam com certa frequência de Pinochet, embora nessas conversas falassem de tudo menos de Pinochet. O general servia de alegoria para outras coisas; era um receptáculo de frustrações privadas e de ressentimentos conjugais (talvez todo político famoso, assassino ou não, se torne isso em algum momento). Quando minha mãe discorria sobre o autoritarismo do ditador, sobre sua pomposidade marcial e as roupas cafonérrimas banhadas em ouro, ela parecia estar falando sutilmente (não tão sutilmente, na verdade) do meu pai. "Demorou à beça para terminar a ditadura lá, né?", dizia. Nunca perdia a chance de ressaltar que a redemocratização brasileira acontecera três anos antes. Não lembro tanto da briga em si como dos minutos posteriores a ela. A gritaria tinha cessado, e havia uma estranha calma no ar; os dois deviam estar imbuídos daquele torpor vago, quase prazeroso, que toma o corpo depois de uma briga conjugal. Taças com restos de vinho se espalhavam pela mesa, e os convidados (Thornton e o marido, e Nelly, uma colega de doutorado da minha mãe) já tinham ido embora — meu pai enrolava migalhas de miolo de pão entre os dedos, distraidamente. "Você não sabe o que é o meu país", ele repetia à minha mãe, severo. Thornton adorava discutir questões latino-americanas (Pinochet, Revolução Cubana, o Método Paulo Freire), e eu não gostava quando ela trazia esses assuntos à tona, porque logo que ela e o marido iam embora, os assuntos sempre viravam outra coisa. Nesse dia o custo gerado pelos interesses geopolíticos da orientadora da minha mãe foi um pouco mais alto. "Eu vou mostrar a vocês o meu país", meu pai repetia, "vocês vão ver, é para vocês entenderem exatamente o que ele é."

Algumas semanas depois já estávamos vivendo em Santiago, com a cordilheira dos Andes ao fundo, não tanto uma cadeia de montanhas senão um rumor perpétuo escondido pela névoa da poluição.

A casa nova ficava na rua Los Juncos, no bairro Las Condes. A rua era arborizada, e na entrada da casa havia um jardim com a grama meticulosamente aparada; as paredes em seu interior eram branquíssimas e nelas nunca foram pendurados quadros ou fotos. Anos mais tarde, se alguém de Santiago me perguntava em que bairro da cidade eu tinha morado, eu notava a mudança sutil da expressão facial quando mencionava Las Condes. Há nomes que são assim: depois de pronunciados, não há como acrescentar mais nada a eles; nada do que você disser depois importa.

O Alfa Romeo demorou algumas semanas para chegar; veio num navio. Para minha mãe, não havia nada mais extravagante do que transportar um carro de um país a outro. "Vocês sabem quanto custa fazer isso?", ela dizia a mim e à minha irmã, rindo exasperadamente. Num transe de baixa intensidade, elencava então cada passo tedioso do processo para trazer o "Alfa": a primeira entrada na documentação, ainda nos Estados Unidos; os impostos extras a serem pagos; os contêineres que eram embarcados no navio; o recebimento dos contêineres no porto; o pagamento de impostos e os outros processos burocráticos na chegada do veículo.

Estacionado na frente da nossa casa, ao lado do jardim, o carro parecia um elemento estranho à paisagem. Atraía alguns olhares de fascínio dos passantes, talvez não só pela sua beleza, mas também por ser um modelo que não existia no Chile. E como o carro, quase tudo parecia um pouco fora de contexto naqueles meses que vivemos em Santiago, no fim de 1991, antes de minha mãe deixar meu pai e irmos com ela de vez para o Mato Grosso.

A vida ganhou um ar de média ponderada naqueles meses: a casa de Los Juncos parecia uma mistura diluída da casona feiosa da Otiles Moreira — que àquela altura só visitávamos nas férias — com a prosperidade inócua e solitária da nossa casinha aquecida de Drexel Hill. A paisagem cordilheiresca santiaguina era a mistura diluída do tédio invernal da Filadélfia com o frenesi gratuito do Mato Grosso. E a ausência total de empregados em Drexel Hill, quando combinada com o exército de agregados da Otiles Moreira, cada um com sua neurose peculiar, resultava numa única babá em Los Juncos, uma pessoa tímida e polida que vinha três vezes por semana e tentava não se envolver emocionalmente com os patrões. Se chamava Teresa, era muito pálida e tinha um rosto vagamente lunar que todos achavam muito bonito menos eu, embora de alguma forma eu a amasse. De manhã, enquanto eu ainda lutava para acordar, ela fazia o nó da minha gravata, me preparando para o colégio bilíngue que meus pais tinham escolhido; e o modo gentil como roçava os dedos na gravata enquanto fazia o nó tinha o efeito contraproducente de me dar ainda mais sono.

O colégio era também uma segunda opção, mas num sentido mais literal. Uma escola britânico-chilena que meus pais escolheram depois de se assustarem com a mensalidade do principal colégio americano de Santiago, que tinha um nome ridiculamente bélico, Ninho das Águias. Até hoje, sinto uma curiosidade mórbida por saber qual era o preço dessa mensalidade que assustou até meu pai, para quem não havia problema financeiro que não pudesse ser resolvido com um telefonema.

A escolha de um colégio britânico provinha da fixação linguística dos meus pais. O medo de que "perdêssemos o inglês" substituíra, entre eles, o medo que alguns pais têm de que os filhos percam as raízes. Lembro da diretora do colégio, uma senhora baixinha de expressão assustadiça, sentada do outro lado de uma mesona de madeira, explicando à minha mãe que todas as aulas seriam dadas em inglês. Na parede, acima da sua cabeça, havia o retrato de um escritor ou intelectual britânico (Kipling? Darwin? não sei), e bem ao lado desse retrato beletrista havia o mapa do território do Chile, uma tripa que parecia levemente adulterada, um tanto mais inchada, como uma salsicha. Toda manhã antes das aulas a bandeira da Grã-Bretanha era hasteada, e logo em seguida a bandeira do Chile. Enquanto as outras crianças cantavam o hino chileno, eu mexia a boca em silêncio e fitava minha irmã a poucos metros de distância — ela também fingia murmurar as palavras e tínhamos que desviar os olhos um do outro para não rir.

Na sala e fora dela os alunos só falavam em espanhol. Os professores também. O espanhol era presente, sobretudo, na aula de inglês, onde todos zanzavam pela sala, fingindo fazer exercícios do caderno. Tive, então, que absorver essa nova língua, imbuir-me da sua cadência e pronúncia.

Mas o espanhol, como a cidade naqueles seis meses em que ficamos lá, também tinha um aspecto irreal. Parecia um português mais arcaico, uma sombra do passado; tinha várias expressões (*sin embargo, además*) que só meus avós usavam quando queriam chamar a atenção das crianças, porque a formalidade frequentemente é apenas um modo de expressar irritação. E ainda hoje, sob a camada de uma pronúncia que aos outros talvez pareça perfeita, sinto um tremor subterrâneo quando falo a língua, um medo excessivo de tropeçar em erros gramaticais, como se qualquer erro fosse revelar não só algum esquecimento linguístico menor mas uma fraude mais essencial. A fraude são aqueles anos que passei ali. A língua espanhola é mais ou menos como uma mala vazia — algo muito leve (mas definitivamente separado de meu corpo) que carrego pelo saguão com facilidade. Ninguém desconfia que por trás dessa facilidade de movimento está justamente o peso insignificante da mala (e há algo mais absurdo do que carregar uma mala vazia por aí?).

"Você tem cara de chileno", os parentes do meu pai, parentes que eu não conhecia até então, me diziam. Eu não sabia bem o que era uma cara de chileno. Olhava ao redor e via rostos distintos, carnes talhadas de formas muito específicas. Aos nove anos, não achava ninguém parecido com ninguém. O que tinha o rosto do meu pai a ver com o rosto de Antonio, seu irmão, e o que tinha o rosto de Antonio a ver com o rosto de Rosa Maria, sua irmã? E o que tinham os rostos deles a ver com o rosto da minha avó Elena, mãe do meu pai? O rosto bochechudo e rosáceo de Francisco, meu vizinho e colega de escola, não tinha nada a ver com os olhos pretos e cerrados e o nariz finíssimo (talvez retocado cirurgicamente) da sua mãe, Dolores, que zanzava distraidamente de camisola pela sala e a quem certa tarde eu dedicara uma punheta confusa e cheia de culpa. Naquela casa anódina e vazia de Los Juncos meu corpo explodiu. "Mas você tá com o mesmo narigão do seu avô, essa batatona apontada para baixo", minha mãe, sempre brutalmente sincera, me disse quando os comentários sobre a cara de chileno começaram a se expandir para além do círculo familiar. Me mostrou então uma foto preto e branco do meu avô José aos quarenta e poucos anos, em meio às máquinas de escrever do cartório. Um homem com o olhar sereno de quem ganhou uma concessão pública e finalmente se livrou de uma úlcera. Mas eu tampouco vi alguma semelhança ali: relacionar rostos do presente com os do passado era mais difícil ainda.

Minha avó Elena, mãe do meu pai, morava num bairro muito distante de Las Condes, e sempre que íamos visitá-la, meu pai dizia para não demorarmos muito, porque era perigoso deixar o Alfa Romeo estacionado lá por muito tempo. Ela vivia num bloco de três ou quatro andares, e para chegar na sua casa tínhamos que subir uma escadinha de concreto. Depois fazíamos uma longa caminhada por um corredor de apartamentos minúsculos e idênticos. Com as portas escancaradas, os vizinhos dela nos fitavam com certa letargia enquanto passávamos; as tevês, ligadas em alturas ensurdecedoras, se conjugavam ao longo do corredor com o barulho de pratos, talheres e panelas — um bate-bate tão intenso que parecia vagamente político.

Nas primeiras semanas, eu ainda não falava bem espanhol.

Sabia só que era uma língua rápida, que tudo que se dizia tinha de ser dito com extrema rapidez. E essa rapidez da língua dissipava, aos meus ouvidos, a modulação das conversas: era difícil interpretar a atmosfera e as gradações dos diálogos. Talvez por isso tenha me assustado tanto quando minha avó começou a chorar no primeiro dia que fomos visitá-la. Estávamos sentados na sua salinha (a casa era só uma salinha, uma cozinha, um sofá rasgado e um quarto minúsculo) quando meu pai lhe disse algo que de repente a pôs em prantos. "Que que é isso!", minha mãe reagiu, tão assustada quanto eu com a virada repentina da conversa, "que merda você disse pra ela?"

Minha avó balançou o dedo indicador num gesto de recusa, como se meu pai não tivesse dito nada de mais, mas ela não conseguia segurar as lágrimas. Em seguida minha mãe sentou ao lado dela e as coisas se acalmaram um pouco. "Fica tranquila, d. Elena", minha mãe disse, em português, "ele não quis dizer o que ele disse, seja lá o que tenha dito."

Esfregava a mão nos ombros da minha avó e as duas pareciam íntimas, embora também fosse a primeira vez que minha mãe via a sogra. Anos depois descobri que por muitos anos minha mãe tinha achado que a sogra era uma espanhola rica e soberba, que tinha faltado ao casamento porque o filho não se casara com alguém de linhagem aristocrata similar.

Mais tarde uns meninos bateram na porta e me chamaram para descer. Assim como quando íamos nas férias ao Mato Grosso, a rua já parecia saber quem eu era antes que eu me apresentasse, e isso de certa forma me envaidecia, embora eu não entendesse, naquela idade, que nem toda notoriedade é positiva. Os meninos eram um pouco mais velhos do que eu, e um deles tinha uma bola embaixo do braço. Descemos as escadas e num pátio pequeno de concreto, cheio de bitucas de cigarro e com algumas garrafas de cerveja nos cantos, começamos a jogar bola. Um varal atravessava o pátio em diagonal, e roupas ainda muito molhadas o pendiam para baixo, numa espécie de sorriso metálico. Em determinados pontos era necessário usar uma das mãos para levantar o varal e poder passar com a bola — uma operação delicada que dava à pelada um ar tão letárgico quanto o da paisagem em volta. Em poucos minutos já compartilhávamos dessa intimidade silenciosa que é peculiar a uma pelada improvisada.

Quando subi, minha mãe, minha irmã e meu pai comiam salgados retangulares na cozinha. "Delicioso, d. Elena!", minha mãe gritou, erguendo seu salgado de forma triunfal. A altura assustadora da sua voz talvez viesse da presunção de certa surdez da sogra, combinada com o instinto humano de que o volume, quando ajustado para cima, pode romper barreiras linguísticas. "São as empanadas da *abuelita*", me disse em seguida, numa voz mais baixa ("*abuelita*" era uma das poucas palavras em espanhol que conhecia, e saboreava as oportunidades de dizê-la).

Minha avó me passou um dos salgados embrulhados em papel-alumínio. Minha mãe e minha irmã comiam suas empanadas com gosto, com aquela gulodice solipsista (ombros contraídos, olhar concentrado) típica das festas na fazenda do meu avô José. Já meu pai parecia comer com certa culpa. Dava uma mordida rápida e logo em seguida olhava para o recheio, mexendo a empanada lentamente como se escrutinasse seu interior e tivesse medo de encontrar ali algum prego ou plástico. Ainda assim comia bem mais rápido que nós, como se tivesse muita fome e não comesse havia anos. Enquanto comia, era como se seu corpo também se tornasse cada vez mais evidente: pequenas gotas de suor se formavam e logo evaporavam na sua careca bem aparada.

Eu saboreei a primeira bocada, mas aos poucos fui notando que no recheio não tinha apenas carne moída: havia também pedaços de azeitonas pretas, gema de ovo escurecida, e algo mais doce que não consegui identificar. A cada mordida eu ficava mais indeciso sobre o que provava (gostava daquilo ou não?), e o olhar triste e esperançoso da minha avó Elena me pressionava a chegar logo num veredito. Antes que eu pudesse alcançá-lo, porém, meu pai se levantou, limpou a boca com o guardanapo e se despediu rapidamente da mãe, apressando-nos para voltar ao carro. Era o tipo de interrupção que eu detestava, e com a qual havíamos sempre convivido. Mas naquele dia me aliviou, pois eu também já queria ir embora.

"Temos que ajudar a Elena", minha mãe disse no carro, enquanto voltávamos para casa. "É um absurdo ela viver daquele jeito." Meu pai dirigia em silêncio, olhando para a frente com um ar impassível. Agora estávamos parados no trânsito, talvez na avenida Vitacura (a que acessávamos com mais frequência, pelo que me lembro, na rota entre a periferia onde minha avó morava e nossa casa em Los Juncos). Minha mãe seguiu lamentando por um tempo a condição de vida da sogra.

Depois perguntou ao meu pai quantos anos ele tinha quando o pai dele abandonou a família. Meu pai não respondeu, continuou apenas a olhar os faróis dos carros que piscavam à sua frente.

Às vezes, sobre esse avô paterno misterioso, que nunca conheci, minha mãe dizia: "Parece que ele é muçulmano, sei lá...". Outras vezes dizia: "Acho que ele era vigarista".

A luz de Las Condes no entardecer era leitosa e angular, fazia teias de aranha na calçada limpa. Quando descemos do carro, minha mãe disse: "Posso falar com papai, de repente ele consegue ajudá-la".

"Isso eu não quero", meu pai retrucou. Às vezes usava um português perfeito para conversar — quando queria, que era quase nunca, conseguia até parecer brasileiro.

"Então você vai deixar a sua mãe vivendo na merda?", minha mãe perguntou.

"Ninguém aqui é pedinte", meu pai disse. "Nós não somos seus capangas do Mato Grosso."

Meu pai fez também sua irmã Rosa Maria chorar. Fomos à casa dessa tia nova — tudo que lembro dela é que tinha cabelos ondulados e cheios, e um orgulho imenso por trabalhar na Soprole, uma empresa local de laticínios — e enquanto eu e minha irmã brincávamos com seu filho, Enrique, na sala, ouvimos um choro na cozinha e fomos os três até lá ver o que estava acontecendo. Meu pai metralhava vogais monocórdicas, e minha tia chorava e chorava. "O que você tá falando, o que você tá falando?", minha mãe perguntava, exasperada outra vez por não entender o diálogo. Meu pai parecia praticar uma espécie de vampirismo naqueles dias, coletando lágrimas que seriam devolvidas dali a mais ou menos um ano ao meu avô, naquelas ligações em que ele pedia dinheiro. Ouvi mais ou menos três ou quatro choros dele naquelas ligações, cada um com seu ritmo peculiar e suas vogais de praxe. Há alguém que possua mais do que um choro autêntico? Há várias formas de chorar e eu não sei?

As visitas aos parentes logo cessaram. Fomos só algumas vezes à casa da minha avó, e ela foi poucas vezes à nossa. Vez ou outra eu encontrava na geladeira suas empanadas embrulhadas em papel-alumínio. Ficavam socadas num cantinho discreto; parecia que as tinham escondido lá, como faria com sua comida um viajante receoso que, num albergue, temesse que a roubassem. Minha mãe logo voltou para os Estados Unidos; tinha que encontrar sua orientadora e trabalhar na tese. "Eu nem aprendi a língua direito", ela nos disse, antes de embarcar no avião. "Mas vocês a pegaram rápido, pelo jeito." Por dois ou três meses, enquanto ela tentava avançar na tese, ficaríamos sozinhos com meu pai.

A casa de Las Condes, com suas paredes branquíssimas, sua grama meticulosamente aparada, com a luz leitosa que entrava pelas janelas da sala e iluminava os móveis sutilmente, parecia apta para o vazio, para a não habitação. Mas havia também algo desesperador na placidez com que passamos os meses seguintes lá. Senti muita falta dos gritos da minha mãe, da sua ansiedade, e até da forma como ela arremessava os pratos na parede quando brigava com meu pai — como se houvesse, na sua raiva, uma ponta de cuidado estético (os pratos voavam numa trajetória fluida e quase retilínea, como discos, antes de se espatifarem). Senti falta, sobretudo, da presença física densa dela — de escutar os barulhos da sua barriga.

Nas primeiras semanas, meu pai tentou se envolver mais no nosso cotidiano. Nos tratava como se fôssemos menores do que de fato éramos, falando naquela sua voz carinhosa ("Tudo bem, filhinho?") que se tornava cada vez mais obsoleta; e quando inevitavelmente se entediou e pediu a Teresa, a babá, que viesse com mais frequência, o que senti foi uma gratidão tingida de culpa.

Liberados da pressão do convívio diário (ele voltava para casa à noite, abria a geladeira, devorava as empanadas daquele seu jeito apressado e ao mesmo tempo receoso, e ia dormir), nossa vida entrou num equilíbrio prazeroso. Nos fins de semana, ele nos levava a Mampato, uma espécie de parque de diversões cuja precariedade, comparada à riqueza dos parques que visitáramos nos Estados Unidos, era enternecedora.

Noutro fim de semana nos levou a Viña del Mar. Na estrada, nos explicou: "Não é como as praias brasileiras" (esse era um dos poucos elementos a que concedia certo valor no país da minha mãe). O tempo estava cinzento, e havia uma lua pálida, uma lasquinha de unha no céu da tarde. Deixamos as coisas no hotel e fomos caminhar na orla. A praia estava quase vazia. No fundo, só o som monótono da quebra e do desmanche espumoso das ondas. Ventava um pouco, e às vezes o vento batia e levantava seus cabelos laterais, os únicos que sobravam na cabeça dele e que por alguma razão não estavam tão bem aparados como de costume. O vento batia e levantava aqueles tufos grossos e por segundos meu pai ganhava o aspecto de um cientista louco ou de um palhaço; e nesse momento meu amor por ele subia num jato até a minha garganta, como se uma febre batesse de repente.

"Não é como as praias brasileiras." Mas eu gostei até mais de Viña del Mar. Não tinha que me preocupar com sol, com a possibilidade de ardência da minha pele branca (a pele que eu herdara dele), com queimaduras e descamação. Tanto os funcionários do hotel como os hóspedes falavam pouco, não puxavam conversa à toa, como acontecia quando íamos às praias do Rio de Janeiro. Havia uma reserva que me parecia digna para um balneário. Nunca me acostumara à forma como minha mãe, minhas tias, meus tios e primas, se lambuzavam de filtro solar na praia do Leblon, deixando seus corpos se roçarem distraidamente enquanto falavam alto e gargalhavam, às vezes trazendo para a órbita da conversa pessoas que nem conhecíamos. Eu amava a discrição, o silêncio, a autocontenção e o senso de privacidade do meu pai, e o maior choque ao ouvi-lo anos depois falar com meu avô no telefone veio pelo modo como essas características iam todas se desmanchando, pouco a pouco, a cada pedido histérico de transferência bancária, deixando um imenso vazio onde antes parecia haver uma personalidade singular.

Caminhamos pela orla, tomamos sorvete, ouvimos canções de bandas chilenas. Lembro menos dos eventos em si do que de uma sensação de plenitude filial que durou dois ou três dias. Havia um terraço, uma varandinha no quarto do hotel, onde tomávamos café da manhã todos os dias. A vista desse terraço dava para outro hotel, outro prédio bege como o nosso, mas o som monótono da quebra e do desmanche das ondas perdurava, e sentíamos que estávamos muito perto do mar.

No último dia da nossa viagem, ainda amanhecia (o céu envolto num azul escuro e gelado) quando levantei para ir ao banheiro e pela porta da varanda entreaberta notei a mesa do terraço desarrumada. Guardanapos de algodão — pedaços de pano enormes, com a logomarca beletrista do hotel costurada neles — escondiam restos de comida nos pratos. As tampas das travessas haviam sido largadas displicentemente pelo chão, e um naco rançoso de manteiga, indeciso se mantinha ou não sua forma sólida, jazia no centro da mesa. Achei a princípio que meu pai e minha irmã tinham comido sem me avisar.

O quarto do hotel tinha dois ambientes: um deles, no qual eu e minha irmã dormíamos, era acoplado a uma cozinha, uma espécie de quitinete, e o outro era onde meu pai dormia. "Não tá conseguindo dormir, filhinho?", ele me disse, quando entrei no seu quarto sem bater para protestar sobre a refeição que havia feito sem me avisar. Se levantou da cama na penumbra e tocou meu ombro gentilmente, para me tirar do quarto, e se não tivesse feito isso com tanta pressa, talvez eu nem reparasse que havia uma pessoa deitada a seu lado.

"Quem tá aí?", eu perguntei, e imediatamente, como se ela tivesse mergulhado na água e contraído todo o corpo, e agora sentisse o alívio de respirar, a mulher deitada ao lado do meu pai se ergueu um pouco, virou o pescoço e me fitou com um sorriso estático e levemente trêmulo, o sorriso de quem está há muito tempo esperando para ser fotografado. "Vamos, filhinho, vai dormir, tá muito cedo ainda", meu pai me disse, ainda com a mão no meu ombro, e me tirou do quarto.

Até Teresa, com sua timidez e reticência em se envolver emocionalmente na vida dos patrões, tinha algo a dizer sobre o meu pai. Quando minha mãe voltou da Filadélfia, com aquele ar vigoroso e feliz que só a convivência com Myriam Thornton e o estudo contínuo de "Second Language Acquisition" lhe davam, Teresa lhe fez um resumo do que tinha ocorrido nos meses em que estava fora.

"Ela me contou que ele passa o dia todo fora de casa, e que nem fica com vocês", minha mãe me disse. A fofoca de Teresa me irritou, porque temi, desnecessariamente, que meu pai voltasse a insistir numa convivência diária desengonçada. Aqueles três meses que vivemos sozinhos com ele foram peculiares, mas não exatamente ruins.

"Teresa me disse também que eu já estou pronta para me separar", minha mãe falou. Teresa, então, se tornara de repente uma autoridade sentimental. Era estranho ver a forma polida e confiante como ela dava seus conselhos à minha mãe — era estranho ver como até pessoas tímidas e reticentes, por um grau modesto de poder, se corrompem. Minha mãe lhe servia o chá na mesa; e as duas conversavam e conversavam, Teresa dizendo tudo que sabia, talvez exagerando algumas coisas.

Em geral, minha mãe não só desdenhava conselhos, como parecia sempre instigada a se prevenir deles com alguma acidez. Pouco tempo depois de conhecer meu pai, ela chamou meu avô para conversar no quarto. "Papai, olha só, eu conheci um chileno faz um mês e vou me casar. Sei o que o senhor vai dizer, mas não vamos entrar nisso, não quero perder nem o meu tempo nem o seu, porque nada que o senhor disser vai fazer a mínima diferença: eu já me decidi, e vou me casar." Meu avô me contara esse episódio um pouco antes de morrer e rira sombriamente ao contá-lo, como um lunático. Li na sua risada certo orgulho da teimosia da filha primogênita, e também resquícios de afeto pelo genro que lhe extorquira dinheiro por décadas.

"Teresa me disse que ele levou Lucía para Viña del Mar, né?", minha mãe me perguntou dias depois. Eu nunca tinha escutado o nome daquela mulher antes. Lucía fora várias vezes à nossa casa de Los Juncos, tanto quando minha mãe vivia lá, como nos meses em que ela ficara na Filadélfia trabalhando na sua tese. Lucía chegava numa espécie de mobilete, descia, e com o capacetinho debaixo do braço ia conversar com meu pai no jardim. Um dia a vi chorando pela janela do meu quarto enquanto meu pai metralhava vogais e consoantes em sua direção. Achei que ela fosse outra parente dele. Na verdade, nunca tinha prestado muita atenção nela; e por isso quando a vi na cama do hotel naquela noite em Viña del Mar, foi como se a tivesse visto pela primeira vez. Até então minha mãe a chamava de "a professora de ginástica", um apelido que talvez contivesse alguma indireta sexual sarcástica, pois que eu saiba ela nunca ensinou ginástica. Mas nesse dia ela falou "Lucía", usou o nome.

Se minha mãe tivesse perguntado, eu teria lhe contado que assim que acordamos no hotel no dia seguinte, logo depois de eu encontrá-los juntos na cama, Lucía não foi embora, mas tomou café da manhã no terraço conosco. Teria lhe contado também que Lucía nos deixou experimentar o café preto da sua xícara, que ela fez sanduíches para levarmos na estrada e que caminhou conosco na orla por um tempo. Ela disse ao meu pai que não se importava com o céu cinzento: meu espanhol estava já bem melhor e saquei essa frase. Como meu pai, Lucía tinha a mania de falar com uma voz que me parecia demasiado infantil, um estilo que àquela altura eu já começava a associar a falantes do espanhol em geral. Não sei se teria contado à minha mãe que na estrada, voltando a Santiago, Lucía colocou uma fita cassete de Los Prisioneros no som do carro e que depois passei meses ouvindo "Tren al Sur" com uma nostalgia confusa.

Mas minha mãe não me perguntou mais nada nesse dia.

Apenas suspirou de leve e disse: "Tomara que ele não bagunce a vida dela, coitada".

Disse a frase com o mesmo tom misericordioso que minha família no Mato Grosso usava para lamentar a pobreza em geral, ou a vida dura dos empregados — um tom sonolento, misto de culpa e pena (dois dos sentimentos mais passivos que podem existir). Era nesse tom que minha tia-avó Heleninha lamentava as tragédias sangrentas que via no *Cadeia Neles*, um programa policial vespertino que ela não perdia nunca ("O rapaz levou doze tiros no rosto, tadinho, acabou o rosto dele..."). E décadas depois, quando já ninguém mais falava com meu pai, quando meu avô já havia morrido, do nada minha mãe ainda às vezes interrompia nossas conversas para me perguntar, com um ar de curiosidade benigna, como se de repente se lembrasse de uma colega de ginásio com a qual tinha perdido contato: "E você sabe algo daquela Lucía? O que será que aconteceu com ela, meu Deus?".

A estadia da minha mãe em Santiago durou apenas algumas semanas. Logo voltamos todos para os Estados Unidos, deixando a casa de Los Juncos naquele estado inabitado que parecia ideal para o seu jardim discreto e suas paredes brancas. E um pouco mais tarde, cerca de um ano depois de termos voltado à Filadélfia, minha mãe finalmente deixou meu pai.

Quando se muda para uma casa nova, objetos e disposições que a princípio causam estranheza — um abajur posicionado em certo ângulo, o jogo de chaves enferrujado, as gavetas em que se guardam os utensílios — ganham, após um tempo, uma aura imemorial, e é difícil lembrar das primeiras impressões que tivemos do lugar. Em Santiago isso nunca aconteceu. "Arrumem seus brinquedos, não esqueçam nada por aí", minha mãe disse, enquanto arrumávamos as malas. Mas o que havia para esquecer?

Nas nossas últimas semanas na cidade, minha mãe forçou meu pai a visitar mais vezes minha avó Elena. Nos forçava a passar tardes inteiras naquela salinha quente, num bairro de periferia cujo nome não lembro, sentados no sofazinho cheio de pequenos buracos de onde saíam tufos de espuma. As risadas escandalosas dos programas de auditório que os vizinhos assistiam (há algo mais universal do que programas de auditório?) chegavam a nós pelas janelas, e de alguma forma eu era grato por isso, porque aquela gritaria televisiva aleatória dava aos nossos silêncios um torpor que parecia intencional, e não fruto da falta de assunto. Meu pai ficava muito inquieto, indo e voltando da cozinha; e até minha avó, que sempre nos recebia efusivamente, parecia às vezes se cansar um pouco da nossa presença, murmurando, do seu jeito doce, que dali a pouquinho iria aproveitar para descansar. Só minha mãe parecia querer extrair algo daquelas tardes. Tentava penetrar o passado do meu pai com a broca do seu portunhol. Fazia perguntas vagamente investigativas à minha avó, perguntas muito genéricas e quase existenciais, impossíveis de serem respondidas.

"Você sente saudades do passado, d. Elena?"

"*Sí, sí... el pasado... sí, sí, por supuesto*", minha avó respondia.

Minha irmã, um ano mais nova, e menos diplomática do que eu, sussurrava: vamos embora, mamãe, vamos embora logo, eu quero ir embora. Mas isso só atiçava minha mãe a ficar mais ali, pois a verdade era que ela sentia certa atração pelo autoflagelo, por sacrifícios vagos, dela e dos outros. Era como no Mato Grosso, quando me mandava à missa com meus avós para que a "representasse". Em meio aos papéis espalhados pela escrivaninha e à produção sempre agônica dos seus artigos acadêmicos, dizia: "Tô com muita coisa hoje, tenho que estudar", e me mandava como emissário à igreja. Foi nessas missas da igreja Mãe dos Homens, perto da avenida Getúlio Vargas, que aprendi sobre a natureza misteriosa do tempo, como ele pode se dilatar infinitamente (um tema que, ironicamente, aparecia com frequência nos sermões do padre). Detestava a hora da Paz de Cristo, o momento no qual tínhamos que cumprimentar pessoas desconhecidas, o momento em que todos se entreolhavam com aquela ansiedade de não sobrar, como num baile; era um momento, aliás, que refletia bem o roça-roça gratuito e forçosamente simpático a que eu era submetido com parentes que mal conhecia na terra da minha mãe. Por que tínhamos que lidar com tanta gente? Por que a solidão, ou a vontade de ficar sozinho, era tão malvista?

Meu avô me estendia três, às vezes quatro notas de cinquenta reais para dar ao voluntário da igreja que passava na nave, e algumas pessoas, chocadas com o valor da oferenda, me fitavam, enquanto o orgulho e a vergonha tomavam meu corpo. Orgulho e vergonha, orgulho e vergonha. Não havia poemas nas notas e muito menos desenhos obscenos. Era como se até o dinheiro, na igreja, ficasse um pouquinho mais solene, um pouquinho mais hipócrita.

Nos despedimos da minha avó Elena e descemos a escadinha de concreto. Quando chegamos no pátio, meu pai notou um risco na lateral do carro. Era um risco torto, muito fininho, como uma marca de giz feita por uma criança: se estendia do bocal do tanque de combustível até a roda dianteira. Entramos no carro, e meu pai e minha mãe começaram a discutir. Não haveria como encontrar a tinta certa para aquele modelo, meu pai disse, irritado. O azul cromático não ficaria igual nunca, impossível. Quem decidiria as visitas à sua mãe a partir de então seria ele. Minha mãe não entendia nada de onde estava, não conhecia os bairros, não entendia o país. Ele disse que o sogro é que deveria pagar pela pintura do carro, que a culpa afinal tinha sido da minha mãe e que por isso o sogro deveria pagar. Quantas vezes ele tinha dito que era perigoso estacionar ali? Falou, em português, que ela não podia sair impondo seus valores caipiras ao mundo. "Caipira" era uma palavra rara de ouvir na boca de um estrangeiro, mas meu pai a adorava. Sentia uma satisfação diabólica em dizê-la, em usá-la para descrever a família da minha mãe; nenhuma outra palavra da língua portuguesa lhe dava tanto prazer de enunciar como aquela. Caipiras, caipiras, repetia, batendo a mão no volante.

Uma ou duas semanas depois, na avenida Vitacura, um motorista impaciente bateu com tudo na mesma lateral onde fizeram o risco, tornando obsoleta a discussão sobre a pintura. Eu estava no banco de trás na hora da batida, e levei um susto; em seguida, por alguma razão, não consegui parar de rir. O carro ainda voltou para os Estados Unidos, meio arrebentado, e lá o pó aos poucos cobriu a cobrinha e a coroa, a cruzinha, e todos os outros detalhes da logomarca que antes eu tentara decifrar.

5.

A última vez que vi meu pai eu já morava em São Paulo e tinha dezesseis ou dezessete anos. Ele me pediu que o encontrasse no térreo de um shopping. Nos sentamos no McDonald's, e ele abriu a carteira, sacou duas notas de cinquenta reais e me disse que fosse comprar os lanches enquanto guardava nosso lugar. Quando abriu a carteira e me deu o dinheiro, notei que ela estava cheia, com um bolo gordo de notas de cinquenta e de cem. A fluidez com que manuseava o dinheiro ainda era a mesma, e as duas notas que me passou estavam lisinhas, quase quentes, como se ele tivesse acabado de passar num caixa eletrônico recém-abastecido. Tinha a carteira de um turista ansioso, de alguém que vai à casa de câmbio e tira logo todo o dinheiro da estadia. Mas as notas estavam intercaladas, em certa ordem estética que parecia intencional — o amarelo solar da oncinha era sucedido pelo azul aquoso do peixe-boi que era seguido pelo verde ocasional de dólares americanos, e assim por diante, alternadamente.

Àquela altura só eu e meu avô ainda falávamos com ele. Fazia anos que eu não o via, desde a época em que tínhamos vivido juntos nos Estados Unidos e no Chile. Um dia, no telefone, ele me disse que estava passando por São Paulo e que queria me encontrar. A princípio achei que era um blefe, que conforme o dia do encontro se aproximasse, ele daria alguma desculpa esfarrapada e desmarcaria. Mas o dia chegou, e quando ele finalmente confirmou o encontro, fui tomado por uma náusea — em parte pela apreensão feliz de vê-lo depois de muitos anos, em parte por mais uma prova cabal (então elas se acumulavam) de que é impossível prever os gestos e as ações de qualquer pessoa.

Voltei à mesa com os lanches e vi sua mala grande atravessada nos assentos, guardando nossa mesa; ele estava a alguns metros de distância, conversando com um policial militar. O PM se achava ao lado do elevador, talvez para manter uma visão panorâmica da praça de alimentação, e ouvia meu pai com uma expressão serena, embora houvesse na sua serenidade uma dose quase imperceptível de esforço, como se no fundo ele quisesse rir. "Disse para ele ficar de olho na gente", meu pai falou quando voltou à mesa, pegando algumas das minhas batatas. "Não quero que nada me aconteça."

Pensei que se tratava de um resquício de paranoia, talvez um efeito residual do assalto que sofrera na Santo Amaro, quando roubaram seu Rolex — o assalto que aprofundou seu desgosto (já crônico) pelo Brasil, essa nação de merda, como ele dizia, onde seus filhos tinham nascido. Mas logo me dei conta de que talvez ele estivesse com medo da família da minha mãe, mais precisamente dos meus tios. Alguns anos antes do nosso encontro naquele shopping, meu pai, segundo contavam, apareceu fugazmente no Mato Grosso, encurralando meu avô no estacionamento do supermercado Boizão para lhe pedir dinheiro. Meus tios ficaram sabendo do acontecido. Instruíram então meu avô a ligar para o meu pai no dia seguinte e marcar um café no lobby do hotel El Dorado, onde ele estava hospedado. Lá meus tios chegaram com um procurador amigo da família, policiais fardados, a tropa toda, e o expulsaram da cidade. "Se voltar, vão comer teu cu na cadeia!", tio Betinho esbravejava. Soube disso primeiro pelo meu pai. Depois meu tio confirmou. "Taí os vagabundos da sua família, os caipirões", meu pai escreveria, meu pai segue escrevendo, anos mais tarde. "Só funcionam assim. Com jagunços. Eles não sabem o que é lei?"

Meu avô às vezes também dizia ter medo do meu pai, dizia ter medo de que ele fizesse algo, sem nunca especificar o que era esse *algo*, e era essa a justificativa que dava aos filhos quando estes o pressionavam sobre as transferências bancárias.

Do que todos tinham medo? Não sei. Sequestros, violência, processos judiciais (alguns já estavam em andamento, e meu pai sempre dizia ter vencido um importante que lhe dava direito a uma indenização, pela forma como o "pátrio poder" lhe fora arrancado à força — o que nunca averiguei, já que ele nunca demonstrou grande interesse em exercer o tal poder). Me pareciam muito ridículos, de qualquer modo, aqueles medos mútuos, mas para um adolescente tudo no âmbito familiar parece ridículo, farsesco; a autenticidade é sempre algo que está lá, bem longe, existe em outras casas, outras famílias, mas nunca na sua.

Não todos do círculo da minha mãe, porém, eram hostis ao meu pai. Ele tinha um punhado de defensores evasivos e fiéis. Tio Aldo, um militar da reserva que vivia em Brasília, primo da minha mãe, às vezes punha a mão gentilmente na minha cabeça e dizia: "O seu pai é muito inteligente, já te contaram isso?". A frase era sussurrada conspiratoriamente, em meio à distração sonora das xícaras de café, logo depois do almoço, quando o nível de glicose de todo mundo caía e as conversas entre adultos e crianças eram menos monitoradas (não que fossem muito monitoradas em outros momentos). Parentes menos próximos, aqueles que tinham menos contato com as controvérsias em andamento (cunhados e cunhadas, primos mais distantes da minha mãe), também ressaltavam esse aspecto do meu pai. "Era muito inteligente, seu pai", me diziam, como se ele já tivesse morrido, e logo mudavam de assunto.

Me aferrei com certo fanatismo a esse dogma, a essa premissa da sua inteligência incontornável, talvez porque não tivesse muitas provas do seu poder cerebral. Alguns comentários e críticas sobre as leituras do mestrado que abandonara, algumas piadinhas bem-humoradas sobre o hermetismo da teoria crítica que tomava conta das universidades na Costa Leste americana na época — nada mais que eu lembre. Tinha um rosto inteligente, isso sim. Eu não saberia descrever que traços específicos davam essa impressão. Na Otiles Moreira, só o Comunista o defendia vez ou outra, e só quando estávamos sozinhos. "Seu pai é um personagem", me dizia, com o dedo em riste e uma expressão séria. Meu pai era como uma revolução política violenta que arrasara a estabilidade institucional anterior: na maior parte do tempo, ninguém o mencionava, mas vez ou outra alguém murmurava, com lábios trêmulos, que ele não tinha feito só coisas ruins.

Tio Aldo, o mais assertivo dentre os apoiadores do meu pai, era um homem baixinho e grisalho, com uma careca eternamente bronzeada. Fazia piadas grotescas; era obcecado por praia e pela quitinete em Copacabana que comprara para veraneio; desconfiava de assuntos muito solenes. Era difícil concilá-lo com os estereótipos de rigidez e disciplina das Forças Armadas. No período da ditadura militar, prendeu Mário Covas, e a julgar pelas histórias que contava, tinha passado por uma espécie de síndrome de Estocolmo invertida: se deslumbrara com a polidez de Covas durante o encarceramento, com sua educação e dignidade, e até o modo como o futuro governador de São Paulo passava manteiga no pão que recebia pela manhã o impressionava. Minha mãe brincava que um dia o tio Aldo escreveria sobre essa experiência, mas ele teve um derrame e anos depois lançou um livro. O título era *Derrame*. Um volume fininho, de uma editora independente, com uma capa verde em que havia uma caveira toda ensanguentada. O título, em letras maiúsculas e chamativas, estava impresso numa fonte branca, e nas letras alguns pontinhos vermelhos simulavam gotas de sangue salpicadas. Eu gostava dessa capa. O livro, do qual só li os primeiros parágrafos, descrevia o derrame de tio Aldo em detalhes, bem como sua recuperação e os posteriores exercícios de fisioterapia. Tinha frases como "aí eu senti um negócio na perna" e "comecei a ficar tonto e gritei pra minha mulher: vem cá, neném, vem me ajudar" — frases que eu nunca encontrara num livro. Li só alguns parágrafos e fiquei tão eletrizado que logo tive que fechá-lo. Era como se eu tivesse tido acesso a algo que não devia; minhas orelhas ferveram de constrangimento. Até então livros não me pareciam coisas que podiam causar esse tipo de emoção. Eu estava acostumado aos meus professores de literatura, tanto os do Antoine de Saint-Exupéry como mais tarde os do pré-vestibular em São Paulo, que fariam um trabalho árduo para afastar todos nós da literatura. Falavam de Machado de Assis e de Guimarães Rosa e de Clarice Lispector de uma forma pegajosa, sentimentaloide, com um olhar benigno, automático, um olhar alegre, mas de uma alegria completamente morta, como se nos vendessem um esquema pirâmide de ervas medicinais. Naturalmente, depois nem abríamos os livros; íamos direto ao resuminho e decorávamos os detalhes romanescos da vida dos autores para acertar as questões de múltipla escolha (Machado era negro e gago, um milagre social, os professores diziam, com aquele olhar de peixe morto). Mas o choque que senti ao ler os primeiros parágrafos do livro do tio Aldo não vinha apenas do constrangimento. Era outra coisa. Ali, no começo dos anos 1990, naquele relato publicado por ele próprio, um coronel da reserva que vivia em Brasília, parecia estar um lampejo de literaturas futuras.

O Comunista, o outro defensor sutil do meu pai, também tinha ambições literárias. Quando ele me disse que meu pai era um personagem, demorei até entender que sua frase talvez fosse literal — talvez existisse, no manuscrito em que vinha trabalhando havia anos, algum personagem inspirado no meu pai.

O Comunista escrevia sobretudo nas visitas à fazenda. Mal chegava no quarto, já desfazia as malas, espalhando seus livros embolorados pela cama, pelo chão de ladrilhos terrosos. Depois arrastava uma mesinha de madeira para perto do abajur, e com a paciência infinita dos procrastinadores apontava seu lápis, ordenava seu caderninho de anotações.

Habitava o quarto despoticamente e nos expulsava antes de sequer chegarmos à porta. "Estou escrevendo, nem vem", dizia, sem tirar os olhos do caderninho. E quando ouvia os barulhos de estala-salão e os traques na varanda, se irritava. "Apátridas…", resmungava, usando seu xingamento predileto, seu xingamento mais obscuro e também o mais versátil (servia ao farmacêutico da Otiles Moreira que não lhe vendia fiado; ao Estado que lhe cobrava demasiados impostos; ao presidente com o cabelo empapado de gel que só andava de jet ski e não tinha aguentado nem dois anos no cargo).

Só seu sono profundo depois do almoço nos permitia entrar e abrir o armário onde os rojões e os fogos ficavam guardados. Enquanto o sol torrava lá fora, o Comunista dormia com dois ventiladores dispostos em ângulos diferentes, ambos ligados na força máxima, um vento batendo na sua cara, o outro batendo nas costas e mexendo alguns poucos cabelinhos secos na nuca, já que o resto do cabelo parecia sempre molhado, penteado para trás e fixado com uma espécie de brilhantina.

A forma expansiva como tomava conta do quarto da fazenda era uma resposta, talvez, à sua situação na Otiles Moreira. Nunca se recuperara totalmente do que considerava sua expulsão — quando eu, minha mãe e minha irmã invadimos seu quarto, criando um desequilíbrio na vida dele. Vivia agora num quarto do mesmo tamanho, mas onde encontrara inúmeros defeitos. Estava um pouco mais perto da cozinha e reclamava a todo momento da fritação de bifes de Joelma, dos gritos esganiçados das galinhas do quintal quando ela lhes torcia o pescoço. A transferência da sua biblioteca levou muito tempo. Toda manhã ele entrava no nosso quarto e, com muita calma, transportava alguns poucos volumes no braço.

Uma vez perguntei a ele que tipo de livro estava escrevendo. "Não sei ainda, não sei", respondeu, irritado. Dias depois, como se arrependido da rispidez, me convidou para entrar no quarto e manusear alguns dos seus livros embolorados. Os mais amarelos tinham uma textura áspera e ao mesmo tempo bastante frágil. Eu não gostava muito de encostar neles; mas eram justamente esses que me entregava, talvez porque fossem volumes raros e os mais caros a ele. A certa altura abriu seu caderninho preto e me mostrou algumas anotações. Tinha compilado uma série de descrições climáticas para cada dia da semana. Obviamente não me lembro exatamente delas, mas todas tinham um ar meio elaborado e metafórico. Improviso:

Segunda-feira, chuva tropical. O mundo parecia embrulhado num papel celofane.
Terça-feira, sol forte. Como se a batalha mais difícil lhes interes-

sasse, os mosquitos buscavam áreas desérticas: meu mindinho, minha testa.

Quarta-feira, sol forte. Estava tão quente que o ar ao nosso redor parecia tremer, como se fosse se desintegrar e colapsar, abrindo a porta para outra dimensão.

Quinta-feira, sol forte. Dei algumas baforadas na palma da minha mão; meu bafo estava mais fresco que o ar do dia.

Sexta-feira, sol forte. Como se buscasse alguém na cidade, a luz do sol enfiava-se nas ruelas mais escuras, nos interstícios das casas e prédios.

Explicou-me que só assim se podia escrever. Escrutinando o próprio lugar no mundo. "Precisamos criar uma tradição local nova", disse. Tinha verdadeira obsessão por essa tal tradição local nova; só não sabia explicar muito bem o que era.

"O pessoal daqui quer ser Flaubert, você entende?", me disse. "Esses cronistas todos, rapaz, vou te contar, esses caras do *Diário de Notícias*... eles dizem assim: naquele inverno blá-blá-blá, naquela primavera blá-blá-blá. Mas que inverno o quê?! Que primavera o quê?!" Inclinava o corpo sutilmente para a frente e batia no parapeito da janela. "Nesse sol quente? Nessa fritura?"

À distância, via-se o açude, o gado esparso ruminando nas colinas que não eram bem colinas, mas elevações humildes da terra.

O Comunista, talvez seja preciso dizer, nunca votou na esquerda. O apelido vinha dos óculos de fundo de garrafa, da pequena biblioteca que possuía, da tendência à depressão que às vezes o levava a se trancar no quarto, levantando-se apenas para pegar o prato de arroz, feijão e carne com quiabo que Joelma deixava no pé da porta. Não sei em quem votava, mas sei que não era na esquerda. Parecia ter esse desinteresse meio envergonhado, meio arrogante, que os estetas têm pela política. "Eles fizeram muitas coisas erradas, coisas repugnantes, mas eles não eram ladrões", disse certa vez sobre os militares. Tomando só essa frase, talvez o apelido não lhe fosse tão incongruente assim: dizer que os militares tinham feito coisas erradas e repugnantes era o mais à esquerda que se podia chegar no Mato Grosso.

Sua filha, sim, era de esquerda. Estudava ciências sociais na USP e às vezes vinha nos visitar. Suas visitas, que costumavam durar dias e às vezes semanas, eram animadas, e deixavam todos num estado de atenção risonho e acolhedor, como na sala de cinema quando se apagam as luzes. Depois de pôr as malas no quarto do pai, Elisa era geralmente chamada à mesa para tomar café e comer rapadura, e lá era gentilmente coagida a explicar suas posições políticas.

"Mas, minha fia", meu avô dizia, "me diga uma coisa: ocê é stalinista?"

"Não, tio José", Elisa respondia, dando um sorriso vago. "Não sou stalinista."

"E trotskista, ocê é?"

"Sim, digamos que sim." Falava num tom amável, balançando a cabeça num gesto afirmativo hesitante, como se pela primeira vez tivesse pensado na categoria e estivesse feliz por se encaixar nela.

Meu avô a fitava com um sorriso de canto de boca, seu ar típico de cinismo alegre, a mesma expressão que usava quando falava do seu ídolo Nelson Rodrigues.

"Procê a esquerda tá certa, então?"

"Seja mais específico, tio José."

Meu avô adorava a sobrinha. Gostava de ouvi-la explicando o que aprendia na faculdade e sempre a instigava a falar sobre os autores que estava lendo. "Quem é o alemão que fala que Deus morreu?", meu avô perguntava, e minha avó então o cutucava, com força: "Deus me livre, José. Pare com isso". O Comunista ouvia em silêncio a conversa, mas era um silêncio orgulhoso e tranquilo, diferente de outros silêncios que às vezes mantinha. Vez ou outra, interrompia a filha, decisivo: "Disso aí eu discordo". Ela o olhava de relance e continuava falando.

Falava de Lukács, de Guattari, de Gramsci. Não lembro nada dos argumentos, mas me lembro da textura da sua fala. Uma fala eloquente, pausada, sem pressa. Quando concatenadas na Otiles Moreira, frases demasiado explicativas costumavam enfrentar uma competição desleal do cacarejo das galinhas no quintal, do bater de xícaras de café, dos latidos de Crazy e Afif e Rosita, o pastor-alemão e o fila brasileiro e a fox paulistinha da minha avó, das risadas fininhas e do cantarolar de Joelma na cozinha, do balançar das chaves da F-1000, que ouvíamos chacoalhar no cinto de Romualdo sempre que ele passava ligeiro pela sala. O professor Stevenson, depois de um ou dois dias de visita, se desconcertava com a forma rápida e cruel como meus parentes paravam de prestar atenção nele e na história das mais ou menos cinquenta etnias indígenas da região. Mas Elisa, por alguma razão, conseguia manter todos aqueles sons de fundo no lugar deles (no fundo, por assim dizer) e explicava os pontos principais que lhe interessavam no pensamento de Lukács, de Guattari, de Gramsci.

"Ah, se isso tudo que ocê falou for verdade, meu Deus do céu, então eu tô com o Granja." Meu avô batia na mesa, num gesto de ironia febril, de incompreensão vagamente ofendida. "Então eu sou de esquerda, minha fia."

"Tio José, fique tranquilo, o senhor não é de esquerda."

"Bom, o que eu sei é que se ocê não tiver sorte na vida, minha fia, ocê tá fodida, e *zé fini*, isso é tudo que sei." Sua interpretação de Maquiavel, a interpretação que formara no ginásio e nunca esquecera, era um coringa, uma frase que servia tanto para ele estender conversas como para encerrá-las.

As discussões mais tensas eram sempre sobre os Estados Unidos. Nelas, eu me sentia um pouco usado por Elisa, que fazia perguntas a respeito da minha vida em Drexel Hill, só para depois encaixar os episódios nos seus argumentos sobre o imperialismo americano, sobre a lavagem cerebral que os cidadãos de lá sofriam. Mas ainda assim eu respondia às suas perguntas, porque gostava dela e queria sentir o frisson leve de ser incluído na discussão dos adultos. Uma história em particular a impressionou. Contei-lhe que certa vez, numa aula na Filadélfia, quando eu ainda nem estava na primeira série, recebemos uma folha de papel, e fomos instruídos pela professora a escolher uma de duas fotos que estavam impressas na página e fazer um X embaixo dela. As fotos mostravam o corpo e a face de dois homens que, por causa do excesso de tinta, eram difíceis de identificar. Embaixo de uma das figuras, lia-se GEORGE H. W. BUSH. Embaixo da outra figura, lia-se MICHAEL DUKAKIS. No final da aula, a professora recolheu os papéis de todos. DUKAKIS ganhou a eleição na sala.

Todos riram quando contei a história, e senti um início de irritação (não era uma piada), logo dissipado pelo prazer vaidoso de fazer uma mesa de gente muito mais velha rir.

"Pelo amor de Deus, a eleição foi em 1988, você tinha cinco, seis anos de idade, que exercício ridículo", Elisa falou. "Mas é um bom exemplo da democracia americana, que eles acham incrível: dois homens borrados e indiferenciáveis, uma resposta monossilábica."

Minha mãe e ela trocavam alguns insultos sutis, mas quase nunca batiam boca sobre os Estados Unidos. Elisa provavelmente considerava minha mãe despolitizada demais, e minha mãe provavelmente se negava a discutir com alguém que discorria com tanta confiança sobre um país no qual nunca tinha pisado. Mas um dia Elisa começou a falar sobre o fracasso do sistema educacional americano, e minha mãe começou a rir fininho, com sarcasmo: "Ah, então você quer comparar lá com a merda que temos aqui?".

"Nós temos um sistema público para a educação superior."

"Onde gente rica como você estuda."

"Eu não sou rica, rica é você."

"Eu sou professora. Meu pai te manda dinheiro também."

Minha mãe continha sua raiva, o que não era comum. Seus olhos estavam pretíssimos, a pupila pequenina. Que ela não expressasse toda a sua raiva gerava em mim um sentimento fervoroso de lealdade filial, e logo me vi do seu lado na discussão — o que me pegou de surpresa, porque até então nem sequer tinha notado que eu estava do outro lado.

"Você sabe o que é se sentir valorizada academicamente?", minha mãe perguntou. "Você sabe o que é ter uma orientadora que se interessa pelo seu trabalho, que não fica só prometendo mas de fato consegue verbas de pesquisa para você?"

"Convido a senhora a assistir uma aula comigo, tia, a senhora vai gostar."

"Eu sou sua prima, Elisa."

Discutiram por mais um tempo, até que meu avô interveio.

"Ocês querem saber memo o que é os Estados Unidos?", ele disse. "Querem saber quem é os Estados Unidos?"

Falou então, e não pela primeira vez, de João Infante, um ex-dirigente do Mixto — um dos rivais do Dom Bosco no campeonato estadual mato-grossense. Infante já estava fazia anos no cargo quando meu avô assumiu a presidência do Dom Bosco, em meados da década de 1970. Antes de cada temporada começar, Infante organizava um campeonato de três semanas para os times juniores, dos quais participavam as principais equipes do estado — Mixto, Dom Bosco, Operário, Sorriso, Sinop, Tangará da Serra. Infante se encarregava de toda a logística do torneio: das datas dos jogos, da arrecadação dos ingressos, das negociatas com a prefeitura para liberar o Verdão, o estádio municipal, e da contratação de juízes. Até o design do troféu — um globo de latão onde um jogador cabeçudo mantinha o pé em cima da bola, numa pose dominadora (meu avô parecia descrever o troféu com mais zelo porque era um que ele jamais ganhara) —, até esse design era decidido por Infante. O torneio era uma boa vitrine para os times, ótimo para treinar um pouco antes da temporada, e o prêmio de participação não era tão ruim. E quando o Mixto vencia na final, meu avô e seus codirigentes, assistindo da tribuna, se divertiam com a forma como Infante dava a volta olímpica, levantava o troféu e pegava o microfone para dar discursos longuíssimos sobre o ano que vinha por aí. Até que um dia meu avô desceu para a beirada do campo e notou, com um misto de admiração e tristeza, que os gestos de Infante eram de fato sinceros, e que ele estava realmente emocionado com a vitória.

"Ele é os Estados Unidos, porra", meu avô disse, não se aguentando de tanto rir. "Manda em tudo, decide as regras e depois chora de emoção quando ganha." Sua risada não foi encampada nem por minha mãe nem pela sobrinha, e sua gargalhada definhou aos poucos, tornando-se cada vez mais solitária. "Eu não sei ocês", continuou, "mas eu queria ser um pouco assim como eles. Puta que o pariu, não aguento mais o nosso cinismo."

Meu avô estava convencido de que seu irmão era um gênio. "O Comunista é crânio memo", dizia, deleitando-se com uma carta ao editor do *Jornal do Brasil* que tinha dado ao irmão para ser corrigida. "Já eu sou burro."

"Você não é burro, José", o Comunista respondia, num tom muito irritado, porque sabia que esses maniqueísmos do meu avô sempre desaguavam em axiomas e teorias desagradáveis.

Pois se José era burro e Lelo um crânio, o que se concluía do fato de que José sustentava Lelo? E o que se concluía do fato de que o gênio e seus livros tinham sido expulsos do quarto antigo para que a filha e os netos de José o ocupassem?

O corolário da genialidade era quase sempre a falta de sorte, que por sua vez realçava a crença fanática do meu avô na *fortuna* de Maquiavel (a *virtù* era um conceito menos frequente nos seus provérbios distorcidos, sempre mero coadjuvante da *fortuna*). A sorte, para o meu avô, tinha um valor insuperável, e sua crença nela era opressiva. "A sua vó nasceu *umbilicada*", dizia, referindo-se, deduzo, à forma como minha avó tinha nascido, enrolada no cordão umbilical, e ainda assim sobrevivera. Não havia sinal maior de *fortuna* do que esse.

Na juventude, o Comunista havia tentado abrir uma loja de palmitos em conserva em Santo Antônio, e não tinha dado certo. Depois montou um jornalzinho para suprir o "déficit cultural do estado" (eufemismo brutal, esse) — tampouco deu certo. Após os sessenta, tentou uma vaga como professor de ensino médio, para ensinar geopolítica na Escola Técnica Federal. Achando que a vaga estava garantida, não estudou muito. Na entrevista lhe perguntaram sobre a política de alianças de Getúlio Vargas durante a Segunda Guerra Mundial. "Decidiu quem apoiava na base do leilãozinho", teria respondido ao entrevistador — e estava convencido de que essa resposta lhe tinha custado a vaga. Talvez.

Seu manuscrito, no qual trabalhava em espasmos ocasionais, iria sanar todas as injustiças.

Já nós, as crianças, éramos instruídas a "não fazer arte". Fazer "arte" — ser um "artista", no *patois* mato-grossense — era diferente de fazer merda. Fazer merda podia levar a uma surra; fazer "arte", nem sempre. Fazer merda deixava os adultos enfurecidos; fazer "arte" só os deixava irritados. Fabricar uma bomba caseira e explodi-la embaixo da cadeira de um convidado em plena festa de são João era "fazer merda"; imitar vozinhas afeminadas ou queimar um fio de barbante para emular o cheiro de um peido na sala era "fazer arte". A *arte*, esse registro peculiar de travessura, era mais ou menos como todos viam a *arte-arte*, a Arte com maiúscula: inútil e inofensiva e talvez até engraçada em doses baixas; perigosa e enfurecedora em doses altas. Um excesso de "arte", em outras palavras, tinha outro nome: "merda".

Ao tentar lembrar de Elisa, vejo que tomo emprestado, como no parágrafo anterior, seu tom. Ela dissecava nossos gestos, nossas frases, e em seguida extraía as premissas nefastas neles embutidas como um dentista extrai um dente podre. Tinha fome por anedotas e histórias da família, e depois de colhê-las, jogava todas na sua moenda analítica, de onde as anedotas saíam congeladas e empacotadas, invariavelmente ligadas a algum tema maior, sintomas de algum defeito no modo de vida familiar. A forma como dava seus veredito devastadores não era desprovida de doçura. Essas explicações não ofendiam, exatamente. Meu avô se divertia, rindo (embora às vezes sombriamente), enquanto os outros mostravam um fascínio leve, roçando a indiferença ("Interessante pra burro isso aí, prima", meu tio Betinho disse, cortando a unha do pé na rede, quando ela lhe dissecou os simbolismos contidos no uso de sabão em pó Omo para lavar a roupa). Às vezes, quando a filha do Comunista conseguia manter a atenção de todos da mesa, com seu jeito eloquente, suas explicações ganhavam um ar quase religioso, uma impressão intensificada pela forma como minha avó mantinha seu terço azul-bebê enrolado nas mãos.

No seu afã por colher histórias e anedotas, Elisa era a única que não observava a norma tácita de não mencionar meu pai. Via nas origens e paradeiros misteriosos dele histórias grandiloquentes, obscuras, e mais de uma vez sugeriu que talvez ele fosse um exilado ou colaboracionista do regime militar chileno. Eu sempre soube que a realidade era mais prosaica. Havia, nessas especulações de Elisa, um ar meio abobado que me irritava: para ela, o Chile se dividia só entre exilados e colaboracionistas. Talvez estivesse certa, a seu modo. Talvez o mundo todo se dividisse mesmo entre exilados e colaboracionistas. E a resistência, claro, era um pontinho minúsculo, muito menor do que todos presumem.

Mas eu não tinha ideia, nunca tive ideia, das posições políticas do meu pai. Se fosse apostar, diria que ele passou longe da turbulência política do seu país. Seu exílio era privado, hermético; sua furtividade, instintiva. Odiava Gorbatchóv, disso eu lembro. Dizia que o líder russo era um bundão que deixava os americanos cagarem na cabeça dele. Isso não o colocava na esquerda, naturalmente, mas eu passava a informação a Elisa porque era a única informação que eu tinha. E ela parecia satisfeita com a resposta. Ao mesmo tempo, seu olhar triste a traía: esperava de mim uma história mais robusta, mais emocionante. E como eu queria entregar essa história que ela pedia! Um sentimento intolerável de insuficiência me tomava: um sentimento que retornaria muitos anos depois, quando, em Londres ou Paris, algum filho de exilado político perguntava qual era a história de vida do meu pai. Levou uma bala no ombro, teve que se esconder, eu tinha vontade de dizer. Ou então: foi um fascista filho da puta, ajudou o regime militar, amava o Pinochet. No fundo eu queria me juntar àqueles filhos de exilados, ou até aos filhos dos fascistas (embora isso certamente fosse pior), com seus romances históricos, a maioria ainda não escrita, inspirados nas vidas gloriosas ou desgraçadas dos seus pais em combate. Mas a mim só restavam as ligações de DDDs não identificados, a discussão dos valores em dinheiro, dinheiro e mais dinheiro, a mim restava decifrar a textura dos três ou quatro choros e da voz desencorpada nas conversas telefônicas. Sobre a casa pobre em que minha avó Elena vivia na periferia de Santiago, e o bairro cujo nome esqueci, eu não contava a ninguém.

Com o dr. Stevenson era a atenção da minha família que aos poucos definhava, deixando minha mãe com vergonha dos seus parentes na mesa de almoço. No caso de Elisa, era ela que, após alguns dias de visita, se cansava das próprias teorias. Diferentemente do seu pai, porém, que se recolhia no quarto por dias a fio e só saía para almoçar, Elisa se tornava mais enérgica. De manhã ela acordava, vestia a calça collant preta e ia para a academia malhar. Depois ia fazer as unhas e, até o fim da tarde, já estava pendurada no telefone, trocando suspiros entediados com Bibi ("minha melhor amiga de infância", Elisa dizia, fazendo questão de ressaltar o "infância"). Seu sotaque revertia outra vez ao cantarolar melancólico ("O quêêêêê…") e às vogais fechadas mato-grossenses ("carne" era "cãrne"). Bibi era filha de João Flávio, político graúdo do PFL e sobrinho da minha avó. A única vez que o vi, ele chamou minha avó de "t-ia", estendendo o "t" indefinidamente até quase transformá-lo num "s" ("sssia"). Era um cacoete infantil e um pouco assustador. Mais do que os momentos em que alguém me parava na rua para perguntar se eu era o "neto americano de José do 8º Ofício", esse tique horrendo de um homem crescido (parecia ter bem mais que sessenta anos) mostrava como planícies imensas podiam de repente se tornar minúsculas.

Elisa não deixava de falar de Antonio Candido ou Darcy Ribeiro ou dos filósofos e sociólogos europeus que lia nas aulas da USP, mas agora eles se mesclavam a outros barulhos — ao bater das xícaras de café e latidos dos cachorros no quintal, ao zumbido das motos e explosões de escapamento na rua. Não sobressaíam a outros temas. Entravam no fluxo de consciência da mesa de almoço; na grande massa indiferenciável de temas grandiosos e vulgares, onde uma discussão rápida sobre os campos de concentração de Auschwitz era finalizada com um comentário sobre o estado da unha necrosada do meu avô; onde a Guerra de Canudos e a seca do sertão eram de repente interrompidas por uma piada sobre Zé Bolo Flô, o poeta e mendigo que morreu louco e agora era nome de uma praça da cidade. Uma frase caudalosa dava em outra, e depois em outra, e em outra, desembocando em afluentes imprevisíveis. Os temas eram todos despachados com rapidez; todo mundo se interrompia e ninguém tinha tempo para estruturar argumentos. O dr. Stevenson, desprovido da atenção contínua da plateia após seus primeiros dias de visita, tinha ficado paralisado para sempre num torpor ofendido, a face direita contorcida não mais num sorriso irônico mas numa expressão de absoluta incompreensão.

Quando o Comunista falava do "tufo cinzento e sujo que preciso desembaraçar para escrever", talvez se referisse a essa massa, ou então às paisagens cinzentas do país ("Ninguém tá vendo quão feia é essa porra? Machado nunca descreveu paisagens"). Depois de me mostrar seu caderninho aquele dia na fazenda, me tratava como uma espécie de confidente, posição que me envergonhava, porque eu não entendia nada das suas referências bibliográficas. Sua filha corrigia o manuscrito, mas agora que ela voltara, temporariamente, a uma versão anterior de si própria, tinha preguiça de fazer anotações para o pai. Um dia a vi sentada no chão da sala, com alguns papéis espalhados ao seu redor e uma expressão de tédio. "Que saco", murmurou (até suas gírias tinham mudado um pouco).

Ela preenchia seus dias com habilidade. Malhava toda manhã, passava no cartório para atualizar documentos (sempre tinha que atualizar documentos), encontrava amigas na padaria

La Baguette, na rua Marechal Deodoro, onde os meninos ricos da cidade diminuíam a velocidade dos seus carros para observar as mesinhas espalhadas, contrariando ordem da prefeitura, pela calçada. Às vezes surgia na rua o Lamborghini ou o Maserati de um filho de senador ou deputado, sempre com alguém anônimo no banco do motorista, um rosto espectral borrado pelo insulfilme dos vidros. Mas nem o insulfilme mais escuro dava conta do sol forte, e sempre se podia notar algum detalhe da figura espectral que esperava no ar condicionado, no banco da frente: as luzes aloiradas nos cabelos (era quase sempre uma mulher), um relógio reluzente no pulso. O filho de senador ou deputado voltava com Gatorades, barras de proteína, Mentos, Kit Kats e um saquinho marrom de pães franceses, um saquinho triste e anômalo em meio à festa colorida e plastificada dos demais itens. E num gesto de humildade improvável, ou talvez para provar que a visita tinha sido meramente utilitária, o carro saía lentamente, tímido, sem forçar o motor ou retornar para uma segunda volta como todos os outros faziam.

Esse era o mundo que Elisa voltava a habitar, embora fosse mais correto dizer que era o mundo que corria em sua direção, pois ela recebia ligações a todo momento, e às vezes pedia que mentíssemos e disséssemos que não estava em casa. Uma noite, lá pelas dez ou onze horas, quando eu assistia televisão na sala, ela saiu do quarto do pai pronta para dar umas voltas. Estava com uma maquiagem pesada, os cílios mais escuros, e usava um vestido colado ao corpo. Sentou-se a meu lado no sofá e pôs a mão no meu ombro como se me abraçasse. "Tá precisando de um corte, priminho", disse, pegando no meu cabelo e pondo-o delicadamente atrás da minha orelha. Quando suas amigas chegaram, ela disse, animada: "Gente, digam oi para o meu priminho!". As duas amigas — talvez mais cientes que ela do turbilhão de hormônios que oprimia meu baço naquele momento — apenas me ignoraram, com certa desconfiança. "Oi, prazer", uma delas disse rapidamente, com frieza. "Amiga, você tá levando batom?"

Depois saíram à varandinha onde meu avô deitava na sua rede e lia o jornal pela manhã, e eu continuei observando-as, embora fingisse assistir televisão.

Fumavam envoltas na névoa cheirosa dos seus cigarros e perfumes exagerados, dos exemplares velhos do *Jornal do Brasil* e da fragrância madura e doce que vinha do pé de manga no quintal ("Tá um cheiro de puteiro aqui", eu ouviria Romualdo murmurar para meu tio Betinho no dia seguinte). O odor chegava a mim em ondas. Enquanto conversavam, elas davam pequenos ajustes nas alças da blusa uma da outra. "Vê se meu nariz tá sujo", uma delas disse, e ergueu o queixo, as narinas meio trêmulas. Certas noites, quando eu passava de carro com minha mãe em frente às boates e casas noturnas da cidade, via as filas imensas que se esparramavam na calçada. As luzes tênues, os sons graves e saturados das caixas de som das boates, o som luxurioso da água caindo em cachoeirinhas improvisadas na entrada dos restaurantes, cachoeirinhas que escorriam ao lado de alguns lances de escada rodeadas de vegetação artificial, com aquele seu colorido exagerado. Via os decotes e as panturrilhas musculosas que subiam essas escadas; panturrilhas tão meticulosamente delineadas que só podiam ser talhadas nesse tempo distorcido do Mato Grosso, esse tempo quase bíblico de dias longos e horas e horas sem fim. Agora, na varandinha, eu via Elisa e suas amigas conversarem, e ao fundo a silhueta do pé de manga, o recheio das folhas numa escuridão mais densa que a do céu, que estava quase azulado e salpicado de estrelas. As amigas continuavam a dar pequenos ajustes nas alças da blusa e às vezes se espanavam muito de leve no ombro, quase sem encostar uma na outra.

No fundo da casa, havia um pequeno banheiro na área de serviço, logo antes da escadinha de ladrilhos que levava ao quintal, onde Crazy e Afif dormiam ou zanzavam de madrugada, suas patas num atrito constante e vagamente sombrio com o cascalho e com galhos que caíam dos pés de manga e bocaiuva. Esse banheirinho era perto do quarto do Comunista, que além das galinhas morrendo esganadas, além do chiado de bifes fritando o dia inteiro, às vezes tinha que sofrer a pequena humilhação de descargas furtivas no meio da noite, dadas pelos netos do seu José que lutavam (e perdiam) suas batalhas hormonais, eu entre eles.

Quando saí do banheiro, cheio de uma culpa intensa mas ao mesmo tempo translúcida, frágil — mais ou menos como o ridículo fiapinho de sêmen que se materializara depois das minhas convulsões na privada —, pus o despertador para tocar às cinco horas, para que eu pudesse me juntar na manhã seguinte aos meus avós e expiar meus pecados na missa de são Benedito. Entrei discretamente no nosso quarto apertado, minha mãe e minha irmã já dormiam fazia tempo. Quando o despertador tocou às cinco, minha mãe se levantou assustada.

"Que que é isso? Quem botou pra essa hora?!"

Seu rosto estava inchado, com as rugas mais profundas e levemente cubistas, como se alguém tivesse rearranjado suas feições de madrugada e o rearranjo ainda estivesse em curso.

Com o corpo imóvel, olhando para cima, num gesto que parecia de contrição mas na verdade não era (não ia levantar para a missa nem a pau, pois a culpa já tinha ido embora), eu dizia, bem baixinho: "Fui eu que errei, mãe".

Quando eu acordava, o dia à minha frente parecia um terreno tão extenso e monótono quanto as estradas que pegávamos para chegar a qualquer lugar. As aulas de piano, pintura, as sessões de cinema no Antoine de Saint-Exupéry, onde éramos precocemente e estupidamente introduzidos a obras-primas, eram como as casas de cupim e os barracos de caldo de cana na estrada. Pequenos itens que apareciam na paisagem e prometiam sentido mas que no fim não tinham grande mistério. Eu gostava só de ir embora dessas aulas. Adorava subir na F-1000 e me embrulhar no ar condicionado polar e no humor mercurial de Romualdo. Chegando em casa, eu parasitava um sedentarismo mais autêntico, o do meu avô.

Ele me mostrava os recortes de jornal da sua época como dirigente do Dom Bosco, os discos de Noel Rosa, e as compilações das crônicas e textos de Nelson Rodrigues. Depois passávamos horas assistindo a jogos da segunda divisão, e quando chegava o momento das reprises de *Chaves* no SBT ele pedia silêncio. Tinha montado, ali no seu quarto, entre os santos envidraçados e o quadro de Jesus ensanguentado e as bandeiras do seu time, uma base agradável para não precisar sair na rua o tempo todo, para não ter de enfrentar o calor.

De onde vinha toda a vivacidade que Elisa conseguia injetar em seus dias? Seus amigos se esparramavam pela sala, sentados no sofá e no chão, e debatiam languidamente, com as chaves do carro em mãos, para onde iriam. La Baguette? Shopping Tamoios? O sabor novo de coco queimado da sorveteria Slop Slop era bem melhor que o da Gelato. "Vamos para a Chapada logo", alguém interrompia, num momento breve de inspiração. A frase animava a todos por alguns segundos, incitando murmúrios de aprovação, mas no fim se esvaía num silêncio consternado e misericordioso, como se a pessoa tivesse dito: "Vamos para Paris". No fim saíam de carro e rodavam, rodavam, sem chegar nunca a lugar nenhum (e talvez o prazer estivesse nisso). Qual seria a visão topográfica de um pássaro lá de cima, vendo aquelas máquinas traçarem sempre o mesmo trajeto? Sempre pelas mesmas esquinas e postos de gasolina e pontos de encontro da cidade, como se houvesse um código a ser decifrado por alguém de outro mundo.

Minha mãe achava que minha irmã — menos introspectiva e menos precocemente nostálgica do que eu — tinha se adaptado melhor à sua terra, mas às vezes ela também acordava de manhã e, chorosa, ainda de camisola, zanzava pela casa pronunciando um mantra. "Não tem nada pra fazer, não tem nada pra fazer, mãe", dizia, choramingando e arrastando os chinelinhos pela sala, pela cozinha, pela garagem. Primeiro minha mãe tentava ser terna e lhe enumerava várias opções. "Você pode ir na piscina, pode catar bocaiuvas no pé, pode chamar o pessoal da d. Madalena para brincar na rua, brincar de amarelinha, não sei se ainda existe amarelinha, na verdade." Ao que minha irmã respondia: "Não tem nada pra fazer, não tem nada pra fazer". Minha mãe continuava: "Liga pra sua amiga Clarissa, chama ela pra tomar sorvete na Gelato". Mas o choro da minha irmã prosseguia, ora baixinho, ora espasmódico. "Não tem nada pra fazer, mãe, não tem nada pra fazer, você não entende." Ela não se calava até minha mãe se tornar ríspida. "Pois é, não tem nada pra fazer mesmo não... não tem nada pra fazer." Falava agora num tom pausado, mas um vapor venenoso de raiva se entalava em sua garganta. "Não tem nada pra fazer, minha filha. E daí? E daí? O que nós vamos fazer? O que *nós* vamos fazer?"

Certa tarde, uma taturana branca enorme se separou do bando, rompendo o ciclo incessante de subidas e descidas no murinho vermelho dos meus avós. Com movimentos lentos e truncados, se arrastou até cair sozinha no bueiro raso da calçada. Agora eu e Pacmã a fitávamos, levemente hipnotizados pela forma como se contorcia na água suja, em meio a papéis de bala e folhas secas. A cena deve ter me impressionado muito, porque quando me dei conta, eu era o único ainda na rua — ouvi o barulho de portões e portas se fechando rapidamente, e depois as risadinhas furtivas de crianças atrás deles. Quando voltei a mim, vi uma mulher vindo da esquina; ela mancava lentamente, em passos largos, e soltava uns gritos mucosos, como se o seu pulmão estivesse cheio de catarro. Entrei na casa dos meus avós correndo, com o coração palpitando. Primeiro me afastei do portão, mas logo uma curiosidade mórbida me tomou e voltei para tentar ver a mulher pelas frestas mínimas do portão de ferro.

O pescoço dela era imenso, inchado como o de um pelicano; seus olhos, viscosos e cinzentos. Ela gritava e cuspia no chão, e dizia: "Saiam daí, seus filhas da puta", enquanto algumas risadas esparsas ecoavam atrás dos portões (a maioria parecia vir da casa de d. Madalena). "Maria Papuda, Maria Papuda!", alguém gritou, um grito solitário e triste que chegou a ecoar. Por um momento breve, pareceu uma tentativa fracassada de puxar coro, mas logo em seguida, como se o eco voltasse e se propagasse pela rua, as risadinhas começaram outra vez, e inúmeras vozes de crianças, tardiamente inspiradas por aquele primeiro grito, se espalharam: "Maria Papuda, Maria Papuda, Maria Papuda", todos gritavam, rindo, os gritos cada vez mais discerníveis, efeitos dessa confiança estúpida e sombria que toma as pessoas quando se fundem numa massa anônima. Ao chegar diante da casa de d. Madalena, a mulher parou de cuspir no chão e gritar, de mostrar o dedo e berrar para as casas em volta. E como quando um maestro para de reger, os sons ao seu redor também definharam. D. Madalena saiu de bengala e camisola, entregou a ela um saco de pão e uma garrafa de 51, e lhe estendeu a mão para que tomasse bênção.

Depois o portão de ferro dos meus avós se abriu, e um grupo grande de crianças da rua entrou em casa, a maioria gargalhando, uma ou outra (as menores) chorando pela cena que tinham visto. Minha avó pediu às pequenas que fizessem fila atrás da capelinha de vidro com a Virgem Maria e o menino Jesus, e entregou a cada uma chicletes Bubbaloo e balas 7Belo. Em seguida levou as crianças à cozinha, e pediu a Joelma que pegasse alguns Eskibons no freezer para distribuir. Um menino mais velho, desconcertado com os presentes apaziguadores que as crianças menores estavam recebendo, se aproximou timidamente da minha avó e lhe disse, numa voz que ele tentava fazer parecer triste mas que saiu na verdade bem animada: "Eu também fiquei assustado". Meu avô, que estava por perto na varanda, deitado na rede, entreouviu a frase do menino e mordeu a língua, seu gesto típico de deleite. "Vem cá, meu fio", chamou, tentando arduamente se erguer da rede, sem muito sucesso, e o menino, agora mais hesitante, se aproximou dele.

"Tá assustado, é?"

"Tô sim, seu José."

"E por que então não chorou?"

A camisa do pijama do meu avô estava entreaberta, o corte cirúrgico na sua barriga — o corte de Miró, fino e alongado, rodeado pelos pontilhadinhos da costura — à vista. O corte era quase como um segundo sorriso, tão irônico quanto o que estampava no rosto.

"O que foi isso?", o menino perguntou, apontando o dedo para o remendo.

"Cigarro e café", meu avô respondeu. "Mas num muda o assunto. Não vi ocê chorando, rapaz. Quem assusta chora."

"Não fiquei tão assustado assim, seu José", o menino disse. "Só um frio na barriga só."

"Peraí então", meu avô disse, e, com esforço, se levantou da rede. Voltou trazendo consigo um balde cheio de Bubbaloos, Eskibons, Chicabons, e sobrecoxas e asas de frango congeladas ("Esse cê dá pra sua vó"). O menino recebeu o balde com certo estoicismo, talvez com esse medo atávico que todos sentimos de perder uma bonança inexplicável por um gesto de entusiasmo descontrolado.

"Vocês sabem que aquela mulher é doente, né?", Elisa falou, peremptória, depois que as crianças foram embora. "É ridículo esse auê que todo mundo faz quando ela passa na rua."

Estávamos na mesa; Joelma tinha preparado um banquete suntuoso para o lanche da tarde, com pão, café, guaraná ralado, doce de leite, doce de banana, queijo, goiabada.

"Ah, ela é doente, é? Não diga, minha filha", o Comunista respondeu, raspando sua taça de doce de leite com a colherzinha. Soava como um verdadeiro idiota — o sarcasmo adicionado à amargura cotidiana de um depressivo é como uma cerveja barata misturada a outra cerveja barata, a mistura insípida ficando quase igual mas definitivamente pior. "É criançada só", disse em seguida, talvez arrependido da frase anterior. "Você já foi criança."

Elisa olhou em volta enquanto todos, levemente encurvados e concentrados, seguiam comendo, desinteressados do assunto. Ela era das poucas na família que não atacava tudo que via pela frente.

"Eu não era assim, não, pai."

"Ah, mas você era", o Comunista respondeu, agora sem hostilidade, distraindo-se com outra taça de doce de leite. "Era sim. Não lembra não?", ele disse. "Você e a Bibi que botaram o apelido na mulher."

Elisa ficou um tempo em silêncio. Parecia entediada. Tirava o miolo do seu pão, mais para ter algo que fazer.

"Você também gritou quando ela passou na rua?", me perguntou.

Fiz que não com a cabeça. Dizia a verdade, mas não senti a paz da absolvição.

Assim terminavam as visitas dela. Repentinamente, alguma coisa — um mendigo na rua, algum comentário racista de um parente — lhe criava uma espécie de dissonância cognitiva, e ela decidia então ir embora, voltar para São Paulo. Arrumava as malas, ligava para as amigas e se despedia. Tirava o atraso com o manuscrito do pai, fazendo correções diligentemente e lhe entregando folhas de caderno repletas de comentários. Antes de ir, dizia, na frente de todo mundo, algo vagamente punitivo e ao mesmo tempo encorajador sobre o manuscrito. "Um livro por mais bem escrito que seja não deve ser uma vingança." "Um livro não é um manifesto, mas um livro que não se manifesta é como um abajur bonito." Frases desse tipo. Frases que só quem nunca escreveu um livro e provavelmente nunca escreverá pode dizer com tamanha confiança. Frases que — assim como em *Derrame*, o livro de memórias do meu tio Aldo — me davam mais curiosidade sobre a escrita do que qualquer encontro real com a arte no contexto daqueles anos, vendo *Stalker* ou A *doce vida* na salinha escurecida do colégio, com as janelinhas estreitas e cheias de grades que davam por sua vez para o pátio cinzento de concreto, para a rua cinzenta de concreto, os barulhos de escapamentos e ambulâncias entrando na sala de aula e se mesclando ao áudio ensurdecedor da projeção. Era sempre como se a iminência da arte, a intimação distante dela, fosse mais atraente do que a coisa em si.

Elisa às vezes chegava por trás de Joelma na cozinha e lhe dava um abraço forte. "Ai, que saudades, que saudades, Joelminha." O rosto de Joelma então endurecia; seus braços ficavam moles e caíam colados ao corpo, como se ela fosse uma boneca de pano. Tinha uma antipatia visceral à filha do Comunista, um ódio que nunca entendi muito bem. Às vezes Joelma aparecia na sala e me perguntava carinhosamente se eu queria pão com manteiga ou brigadeiro, e quando Elisa, deitada no sofá, respondia: "Ai, eu vou querer um pouco também", Joelma a fitava de volta, com uma expressão inerte. "Vou ver se tem suficiente lá", murmurava. E não voltava com outro prato. Romualdo passava voando pela sala, carregando pacus e pintados congelados, deixando alguns flocos de gelo para trás enquanto as chaves da F-1000 chacoalhavam no seu cinto; e se ele visse Elisa deitada no sofá ou assistindo televisão na sala, dizia: "Tá curtindo a vida, hein", ou "Cuidado para não cansar". Ao que Elisa respondia rindo, fingindo não captar seu tom de desdém: "Êh Romualdo!".

Lembro-me dele sentado na mesa da sala, esperando por ela enquanto folheava umas revistas *Contigo* antigas. Em uma ou duas horas a levaria ao aeroporto. Já era de noite, e havia uma diluição das presenças na casa: meu avô lia seu jornal na rede, com a luz fraca da varanda acesa; minha avó assistia a Hebe Camargo num silêncio marcial, com a expressão tão concentrada que parecia zangada. O Comunista também assistia tevê, mas sem prestar atenção. Minha mãe e minha irmã já dormiam. Em noites assim era até possível desejar que mais gente vivesse na casa, um pensamento que durante o dia seria absurdo. Heleninha, minha tia-avó, não gostava de comer sozinha na frente dos outros, e ouvíamos o barulho distante dos seus talheres na cozinha — jantava mais tarde por causa do jejum exigido pelos seus remédios — medicamentos para problemas na pressão arterial, na coluna e para outros males; frasquinhos marrons translúcidos — da mesma cor dos vidros de Merthiolate e dos pratos da minha avó —, remédios que se espalhavam de forma muito organizada pelos armários da cozinha, atrapalhando quem tentasse pegar um copo ou prato, com essa solicitude excessiva e vagamente irritante que é típica de agregados (categoria na qual nós, naqueles anos, certamente estávamos incluídos).

Elisa apareceu na sala de banho tomado, usando jeans e camiseta. Ainda não estava pronta para partir. Sentou-se numa das cadeiras da mesa de jantar. Ninguém se levantou para se despedir dela, nem o pai. Ficou um tempo ali na mesa, olhando para todos nós. Parecia nos fitar com um desprezo sóbrio. Seu rosto tinha um aspecto gasto que o banho parecia estranhamente intensificar.

"Nóis vamo atrasar...", Romualdo cantarolou, seus olhos ainda numa *Contigo*, que folheava com uma voracidade vazia, sem prestar muita atenção nas fotos. "O aeroporto é lá em Várzea Grande." Falava como se o município a vinte minutos de distância ficasse em outro estado.

Só uma ou duas horas depois, quando todos já tinham se despedido e ela estava no avião rumo a São Paulo, é que minha avó, livre da hipnose de Hebe Camargo, se deu conta de algo.

"Ai, meu Deus!", ela choramingou. "O envelope dela, José! Ocê esqueceu!"

Meu avô pôs o jornal no chão e tentou se levantar da rede com rapidez, trazendo o corpo para a frente. "Romuardo!", chamou, irritado. "Vem cá." Romualdo foi lhe dar a mão para que se erguesse. Meu avô então atravessou a sala lentamente, mas com pressa, o esfrega-esfrega das suas sandálias no chão mais ansioso do que o normal. "Ocê era pra me lembrar", disse à minha avó. "Já vejo que não mando mais nada aqui, como falo todo dia."

"Ô nego, eu esqueci...", minha avó respondeu, mais para si mesma (meu avô já tinha desaparecido em direção ao quarto). "Seu avô tá caducando, eu acho, não comenta com ninguém", ela me sussurrou, com o orgulho ferido.

Quando meu avô voltou, entregou o envelope ao irmão. Depois explicou ao Comunista que era para enviar por Sedex, e que Romualdo iria levá-lo até o correio na segunda-feira, antes de passar no cartório, e por isso ele teria que acordar mais cedo. "Ocê vai ter que levantar cedo na segunda", ele repetiu ao irmão, como se também o culpasse um pouco pelo ocorrido, pelo esquecimento.

"Que vergonha, Lelo. Que vergonha, meu Deus do céu", minha avó disse, pegando e apertando o braço do cunhado; pegava no braço e apertava forte, sem soltar, o terço azul-bebê enrolado nos dedos, como se tivesse incorrido no pecado mais grave.

6.

Depois de comer no McDonald's, descemos a escada rolante e andamos por um tempo em silêncio. Achei, a princípio, que estávamos andando à toa, sem um destino específico, porque ele carecia daqueles gestos sutis de determinação (um passo mais ligeiro, o olhar levemente desfocado) que separam a ansiedade difusa de quem está prestes a comprar algo daquele que apenas dá voltas pelo shopping. Paramos num café, um Starbucks talvez. Sentei na mesa e o observei de longe fazendo nossos pedidos na bancada. Conversava com o atendente — um menino moreno, que usava o boné da loja — no seu português de leve sotaque hispânico, e a distinção do sotaque fazia com que sua voz sobressaísse a outras vozes na fila. Eu sabia que o sotaque era uma escolha consciente, pois já tinha ouvido sua pronúncia impecável em português muitas vezes.

Conversamos sobre coisas que pareciam, naquele momento, importar muito. Perguntou para que curso eu estava pensando em prestar vestibular; perguntou se eu já tinha namorada. "Não sei ainda", respondi à primeira pergunta; "Não", respondi à segunda — e então ficamos outra vez em silêncio. O pai a quem se vê todo dia não envelhece, ou o faz num tempo misteriosamente lento. Já o pai a quem nunca se vê envelhece de um modo grotesco, rápido, e tomamos sua decadência corpórea como uma espécie de afronta pessoal. Suas sobrancelhas estavam grisalhas e desgovernadas; a pele do seu pescoço recém-afeitado um pouco mais flácida, flertando com uma papadinha. Lamentei a ausência do ser quase inorgânico que eu conhecera na infância. O ser que nos guiava com destreza pelos hotéis do norte. Os cabelos laterais, muito mais grossos do que os que lhe restavam na coroa craniana, precisavam de um corte.

A certa altura ele disse que meu avô lhe devia dinheiro.

"Venderam a minha casa sem que eu soubesse, meu filho."

"A sua casa?", perguntei.

"*Sí, sí*" (usava o afirmativo espanhol em repeteco quando se sentia confrontado). "A casa no Jardim Jequitá. Pegaram uma procuração e a venderam, sem o meu consentimento. Você sabe que com o cartório lá o pessoal faz qualquer coisa, são incorrigíveis." Acariciava o copo de isopor, a fumaça do seu café subia rápida. Continuou a me fitar, esperando alguma resposta, algum gesto de compaixão filial, talvez.

A casa do Jardim Jequitá era a mesma que minha mãe dizia ter sido vendida por ele, na sua ânsia de monetizar tudo. Uma casa que meu avô dera aos dois de presente de casamento e que eu conhecera só por fotos, porque assim como eu não me lembrava da cidade em que nascera, tampouco conseguia me lembrar daqueles primeiros dois anos de vida que passei lá. Uma casinha idílica, com uma garagenzinha estreita de concreto na frente, um jardim malcuidado, e dois boxers, Sasha e Aramis, que morreram de depressão quando fomos viver nos Estados Unidos. Agora ele invertera a acusação, dizendo que era a família da minha mãe que o tinha enganado e vendido a casa sem a sua autorização.

Morando em São Paulo, eu não ouvia mais as ligações dele para o meu avô, mas sabia que elas persistiam. A certa altura, aos doze ou treze anos, tinha parado de me interessar por elas, não porque meu avô pedira, mas porque simplesmente não aguentava mais a repetitividade dos ritos: a conversa mole, as explicações, a *aria* do choro, os pedidos de valores específicos para transferência bancária. Mais regular na Otiles Moreira do que a missa de são Benedito às cinco da manhã era o som melancólico do telefone, enquanto meu avô arrastava suas sandálias puídas e fechava a porta do quarto. Os habitantes da casa ficavam levemente excitados com essas ligações do meu pai; se levantavam da rede, iam à cozinha roubar rapadura e queijo da geladeira. Como é horrendo esse tédio de empregados e agregados, sempre na expectativa de receber alguma novidade trágica e animada.

Por um bom tempo insistiu no assunto do dinheiro que supostamente lhe deviam. Essa ideia — a de que de repente passara de devedor crônico a credor ofendido do meu avô — se tornaria uma ideia fixa nos anos seguintes, cada vez mais elaborada, com números e pequenas regras de três enviadas a mim por e-mail a cada três ou quatro anos. Mas naquele momento ainda era uma obsessão nascente, e o brilho fosco dos seus olhos enquanto acariciava a lateral do copo de isopor lhe dava apenas um ar de concentração excessiva, um ar de ponderação que era intensificado pela fumaça sinuosa do seu café, como se ele fosse um sábio. Qualquer outra pessoa acreditaria piamente no que ele estava dizendo. Pedi-lhe algumas vezes que mudasse de assunto, disse que não me interessava nem um pouco aquela sua obsessão por dinheiro, mas ele não mudou; e enquanto falava de valores monetários — que para mim àquela altura não queriam dizer nada, pois eu recebia uma mesada da minha mãe para estudar em São Paulo —, acabei me distraindo com o quadro ao fundo, logo atrás da sua careca. Era um quadro imenso, um item que dominava a decoração do café, talvez vendido no atacado para as unidades da multinacional país afora: uma paisagem confusa, composta de terreiros de arroz, palmeiras e jacarandás, com uma casa-grande num estilo arquitetônico que não parecia ser ibérico, e um homem negro e decrépito puxando uma carrocinha. Na outra parede, ao lado do quadro, uma janela de vidro imensa dava para o estacionamento do shopping, que passava naquele momento (como em todos os outros) por uma reforma monumental; o chacoalhão da perfuratriz de concreto, de tão abafado e sutil, parecia vir de dentro do meu corpo.

"Tá bom, tá bom, chega", ele disse, tomando um gole de café, como se fosse eu que estivesse insistindo no assunto. "Não viemos aqui para isso." Me perguntou como estava a escola nova, a vida sozinho em São Paulo, em que bairro eu morava (e eu tergiversei, lhe neguei todas as informações geográficas, praticando o mesmo tipo de evasão gratuita que ele aplicava comigo). Fomos preenchendo os silêncios burocraticamente até que ele mencionou o Colo-Colo, seu time — e assim foi possível nos dependurarmos, pelo menos por alguns minutos, numa temática que evitasse o estranho abismo do nosso encontro, aquela ausência de contextos comuns ou tópicos a serem explorados, já que o dinheiro e as dívidas que possuía (ou créditos, na sua nova visão) eram as únicas coisas sobre as quais ele falava com verdadeiro afinco.

Discordamos alegremente, com ênfase fingida, sobre alguns jogadores. Eu lhe disse que Marcelo Salas era melhor que Ronaldo Fenômeno, o que era claramente mentira, e me surpreendi que ainda existisse em mim uma vontade potente de agradá-lo. "*Not at all, of course not...*", ele respondeu, rindo baixinho, rindo em inglês, por assim dizer, e eu me corrigi: na verdade gostava mais de ver Salas jogar, tinha algo bonito no jogo dele, uma espécie de naturalidade na forma como fazia os gols; já o Fenômeno tinha virado um tratorzão anabolizado que atropelava todo mundo. Meu pai me deu um sorriso gélido — pareceu vagamente decepcionado, como se eu estivesse sendo condescendente com ele (e talvez estivesse mesmo). Tinha, naturalmente, uma habilidade inigualável para captar meias verdades, mudanças sutis de humor e de tom.

"Tá ouvindo isso?", disse, cortando o assunto com um sorriso mais gentil, erguendo o dedo indicador como se apontasse para o céu.

No som ambiente do café tocavam músicas de rock latino-americano — Fito Páez, Los Prisioneros, Los Enanitos Verdes —, músicas que ninguém ali conhecia. Ao chegar e sentar no café, eu temera que ele notasse essa coincidência, que visse nela um sinal fortuito do nosso encontro, e usasse isso para relembrar a viagem a Viña del Mar que tínhamos feito muitos anos antes. Mas ele apenas me explicou que algum executivo provavelmente incluíra o Brasil no rol de países latino-americanos ao qual seria distribuída a trilha sonora genérica da cadeia multinacional de cafés, com hits chilenos, argentinos, colombianos. "Isso é para eles cortarem custos", disse, com certo prazer explicativo, bicando o café pouco a pouco.

O âmbar gelatinoso embaixo das escadas rolantes — os feixes de luz instáveis que se entreviam nos cantos de cada degrau — me parecia imensamente sugestivo e misterioso quando eu era criança; até que um dia vi o topo da escada aberto, e um homem com as mangas arregaçadas, coberto de graxa, mexendo em roldanas cinzentas num espaço muito raso. A descoberta (algo como o oposto do sentimento reconfortante de saber que um monstro é ficcional) tinha ficado comigo para sempre, e me levava a ainda sentir um eco de repulsa quando descia essas escadas, como fazíamos agora, em caracol, muitas vezes. Paramos na frente de uma loja de departamentos. Meu pai entrou e me pediu que esperasse um pouco. Depois se perdeu na imensidão gelada e fosforescente dos fundos. Na vitrine da loja, televisores de diferentes tamanhos passavam em sincronia o quase gol de Pelé em 1970, no qual apenas usando o corpo, ele dava uma meia-lua no goleiro uruguaio antes de chutar a bola rente à trave. Parte da obsessão coletiva com esse quase gol estava claramente na sua incompletude diabólica; na forma como, a cada reprise, todos achávamos que a bola iria entrar.

"Olha isso, olha isso!" Senti uma mão firme alisando os pelos do meu antebraço. "Você acredita que é ele? Você acredita, meu amor?" Lucía apertava meu braço com força e gargalhava, e meu pai também ria. Em volta deles, algumas sacolas de compras jaziam no chão, atrapalhando o tráfego intenso do corredor. Duas crianças enfiavam a mão nas sacolas com delicadeza, como se procurassem algo muito específico e ao mesmo tempo tivessem medo de quebrar o que havia ali. Outra criança, uma loirinha pálida de sete ou oito anos, um pouco mais velha que as demais, estava grudada na perna da Lucía, olhando para baixo com certa timidez. Meu pai tinha um neném no braço, outra menininha de olhos grandes, com um laço na careca. Quatro meninas, então. Lucía soltou meu braço e se pôs a passar a mão nos pelos abundantes da minha canela, ameaçou puxar um tufo. "Não posso acreditar. Não dá para acreditar que é ele."

Ela também tinha envelhecido. Seus cachos estavam grisalhos, tinha pés de galinha; as sardas no seu rosto haviam ficado mais pálidas e mais difusas, como se estivessem se fundindo. Lucía era prova de que gostar ou não gostar de uma pessoa frequentemente independe de razões e contextos; eu sempre nutrira simpatia por ela, um misto de pena e compreensão instintiva por aquela mulher baixinha e bonita que eu encontrara na cama do meu pai uma noite no hotel de Viña del Mar. Da janela do meu quarto em Los Juncos, eu a via estacionando sua mobilete perto do meio-fio e caminhando com certa hesitação rente à grama bem aparada da nossa casa, com seu capacetinho debaixo do braço.

"Estou tão feliz de conhecer meu irmão mais velho, mamãe, faz tanto tempo que eu queria conhecê-lo", a loirinha pálida disse, em espanhol, à Lucía. "Ele é muito grande, ele é grande, ele é enorme." Falava com a mãe sem me fitar, mas não aparentava estar encabulada; suas frases pareciam levemente ensaiadas: "irmão mais velho" era claramente uma expressão que ela guardara para dizer numa ocasião muito específica. Me deu um abraço rápido, tacando sua cabecinha na boca do meu estômago com força, como se fosse um novilho. Ficou ali por um tempo, imóvel, abraçando-me com seus braços meio moles, como se tivesse não medo ou receio, mas apenas preguiça de me agarrar. "Ela queria muito te conhecer", meu pai disse, olhando-me com uma seriedade vagamente acusatória, como se eu tivesse passado a vida inteira tentando evitar aquela irmãzinha da qual nunca ouvira falar. As quatro meninas, até a menorzinha nos braços do meu pai, usavam vestidinhos com estampas, meias-calças brancas e sapatos envernizados, e a uniformidade e delicadeza das roupas me faziam pensar nas crianças que os parentes falidos do meu avô carregavam a tiracolo. Aquelas criancinhas de expressão endurecida, que emanavam certa desconfiança sobre a situação em que estavam metidas, embora fosse difícil saber se a desconfiança se relacionava ao ancião de pijama que segurava os envelopes, ou a seus próprios pais, que empapados de suor depois de pegar uma estradinha deserta, vindo de Cáceres ou Rondonópolis ou Sinop, se derramavam em elogios ao senhor.

O encontro durou cinco minutos no máximo. Lucía e as quatro filhas entraram na loja, levando as sacolas, e se perderam outra vez nos fundos, passeando com calma e olhando as prateleiras sem interesse. Nunca mais as vi.

Em seguida, meu pai me pediu que o acompanhasse até o estacionamento. Caminhamos por um bom tempo, passando com cuidado entre os carros, porque o dia estava quente e a lataria queimava. Britadeiras perfuravam o concreto, e pequenos focos de poeira se espalhavam por diferentes pontos do horizonte, como furacõezinhos estúpidos e inofensivos; a poeira parecia se fundir ao ar sujo e à luz suja do dia, fazendo os olhos arderem um pouco. À distância guindastes se erguiam, giravam e caíam — se erguiam, giravam e caíam — compassos monumentais de algum desenhista neurótico que não decidia sobre como redesenharia o mundo.

Achei que ele queria me dar uma carona, mas quando chegamos no carro (um 4×4 alugado), ele apenas abriu o porta-malas. Tirou dali um carrinho de bebê, algumas caixinhas de suco amassadas, os canudos ainda no bico. Pegou então um jornal surrado e o abriu lentamente, mais ou menos como fazia quando morávamos em Drexel Hill e ele ficava sentado na privada de porta aberta.

"Você lê bem em espanhol, né?", me perguntou, enquanto eu corria os olhos pela matéria sobre a troca de reitor e o coquetel comemorativo para receber o novo diretor do Departamento de Relações Internacionais da Universidade de Assunção, no Paraguai, um chileno poliglota com longos anos de experiência executiva nos Estados Unidos. Ele aparecia num terno impecável, numa foto de meia página, com seus óculos de aro de tartaruga e com uma mão posta sobriamente sobre a outra.

No táxi de volta para casa, pensei que seria burrice deixar de prestar vestibular para o curso que eu estava considerando só porque ele agora se apropriara dele. Mas era realmente um curso muito vago, tão etéreo quanto ele — talvez estivesse na profissão certa. E embora na época não conseguisse admitir isso para mim mesmo, também acabei escolhendo o curso por razões muito vagas: uma mera sugestão semântica de mobilidade incessante; um desejo intenso de voltar para o Norte. É assim, de orelhada, que se definem quatro ou cinco anos de uma vida.

O taxista dirigia aos trancos, saindo da segunda marcha num tremelique, depois forçando demais o motor antes de passar para a terceira. Seu estilo precário de dirigir parecia combinar com o céu cinza e a precariedade das construções à beira da marginal Tietê, com a chuva que, depois do calor intenso do dia, agora escorria pela janela como tinta na página. Adormeci, exausto, no banco de trás. Quando passamos pela avenida Santo Amaro, acordei só para ver o sinal de tráfego onde muitos anos antes haviam roubado o Rolex do meu pai. Fitava o sinal por fitar, sem sentir nenhuma emoção discernível. Acho que foi um ano depois disso que ele me ligou. Queria quinhentos reais — só isso, só quinhentos, meu filho, é uma parte da sua mesada e eu te devolvo assim que puder.

O silêncio de quando se mora sozinho depois de passar anos numa casa lotada é como uma nova espécie de barulho, um zumbido e uma pressão constante nos tímpanos. Cheguei em São Paulo aos quinze anos. As apostilas empilhadas na mesinha do meu quarto me enchiam de orgulho, pois emanavam esforços abstratos (e por isso ainda indolores) e um longo caminho a percorrer; às vezes eu as folheava rapidamente, só para que os exercícios de trigonometria e as figuras geométricas passassem, fugazes, pela minha vista. A liberdade, naqueles anos, se confundia estranhamente com aquelas apostilas anódinas.

Nas primeiras semanas achei que não estava tão mal, que acompanhava bem as aulas. Mas logo levei um zero numa prova de química. O zero estava em letra cursiva, sublinhado, para que não houvesse dúvida. O professor, um homem gordo e rigoroso que usava uma espécie de jaleco branco como se fosse médico, me perguntou ao entregar a prova se eu já tinha estudado "matérias exatas". Não lhe falei das alegorias de Tarkóvski, da introdução precoce às cenas do neorrealismo italiano, não lhe falei da minha paixão — bizarra para uma criança dos anos 1990 — por Giulietta Masina. Às vezes eu via esse professor andando cabisbaixo pelo pátio, como se tentasse evitar os alunos e os demais colegas. Ele era um ser de outros tempos, e parecia sempre levemente ofendido pelas meninas de shortinho enfiado na bunda, pelos meninos de dezesseis e dezessete anos que fumavam na saída do colégio, filando cigarros dos professores mais jovens que davam aulas no cursinho. Mas, até para esse homem rigoroso e antiquado, dar um zero a um aluno fora uma decisão aparentemente difícil. Revendo a prova em casa, notei que ele tentara me dar alguns pontos em certas questões (0,2 em uma; 0,3 na outra) e que depois havia rasurado até essas tentativas de esmolas decimais. A tinta da sua rasura era densa e escura — fruto, talvez, de um excesso de pressão que aplicara à caneta, como se ao desistir da benevolência decimal tivesse pensado: "Mas esse filho da puta não me ajuda!".

Nos dias seguintes, notei — pelo tom inconfundível de pena que os professores, e até meus colegas (de quem eu esperava pelo menos um pouco de crueldade), usavam comigo — que o zero era algo místico, um elemento escolar perdido no tempo, como a palmatória ou o castigo de ajoelhar no milho. Até verem o zero na minha prova de química, era como se todos duvidassem da sua existência, ou pelo menos da possibilidade de o elemento se manifestar no contexto escolar contemporâneo. Isso me alegrou por um tempo. Viver sozinho aos quinze anos em São Paulo já era alegria suficiente, mas era uma alegria oscilante, interrompida por momentos de solidão e desamparo; o zero na prova de química me deu propósito, e fez com que eu pudesse dar à minha mudança de cidade ares de uma fantasia gasta: a do menino do interior que vence na cidade grande (que eu nunca tivesse me sentido um menino do interior pouco importava).

Em seis ou sete meses eu já estava entre os primeiros colocados nos simulados do colégio. Depois das incertezas do construtivismo mato-grossense, eu saboreava os rótulos hierárquicos das provas, as questões reducionistas de múltipla escolha, a ordem objetiva de quem estava na frente e quem estava atrás. Ao mesmo tempo, bastava ver os outdoors do colégio, em volta da pracinha — com os meninos pulando e dando socos no ar, e as meninas se abraçando, cheias de lágrimas nos olhos: todos eles em algum gesto de alegria que evocava em mim a tristeza mais profunda —, para saber que depois de todo aquele esforço de ordem, depois de toda aquela competição não haveria nada, só a vida cinzenta das profissões burguesas. Medicina, direito, engenharia, comunicações, pedagogia, história, geografia; isso para não falar de desenho industrial, engenharia de alimentos, engenharia de automação, nomes que por serem tão específicos e aspirarem à tecnicalidade soavam ainda mais tenebrosos. A vantagem de relações internacionais é que ninguém, nem os professores, sabia bem o que era. A escolha de um curso tão vago era uma procrastinação existencial sedutora, e não à toa a procura pelo curso, para o qual não havia perspectiva nenhuma de emprego, crescia à beça, segundo o *Guia do Estudante*.

"O problema do seu pai é só um", meu avô havia me dito, choroso, antes de eu pegar o avião na noite em que deixei o Mato Grosso para ir viver em São Paulo. "O seu pai não gosta de trabalhar." Nisso talvez eu fosse como ele então, porque nos meses que se seguiram, depois que o prazer de me recuperar do "zerão" passou, bastava levantar a cabeça da apostila e fitar os bichinhos de luz que se debatiam na minha luminária, ou então me distrair um pouco com o som dos carros passando pelas poças d'água na

Bela Cintra, para sentir a gratuidade do que eu estava fazendo, a estupidez de enfiar a cara nas apostilas. Para quê? Que espécie de loucura era necessária para querer ser médico, engenheiro, cartorário? No colégio, havia alunos da minha idade que já sabiam tudo de previdência, de INSS, dos melhores empregos públicos que davam aposentadoria integral. Como eu odiava essas conversinhas de concurseiros precoces! Que escrota a burguesia de um paisão de periferia, com seus pequenos sonhos cinzentos! Era difícil não sucumbir à linguagem do meu pai.

Na noite de despedida, porém, quando deixei o Mato Grosso, eu apenas abracei meu avô, que chorava muito — um pouco pela minha partida e um pouco, talvez, porque se preocupava com a própria mortalidade, como às vezes acontecia quando íamos a Santo Antônio para visitar tia Vavá, a irmã mais velha da minha avó, que tinha cento e dois anos.

Naquele mesmo dia da minha partida, tínhamos saído muito cedo para ir visitá-la. O sol ainda não estava alto, mas tampouco se escondia, e as folhas das amendoeiras pareciam eriçadas, como se um monte de mariposas tivessem pousado nos galhos e agora descansassem as asas. D. Madalena lavava a calçada, jogando baldes de água e sabão que refrescavam o chão quente. Logo que chegamos dos Estados Unidos para viver ali, d. Madalena me benzera. Num patiozinho decrépito dos fundos da sua casa, ao lado de uma caixa-d'água sem tampa onde folhas secas flutuavam e acima da qual moscas gordas e lentas voavam, ela respingara água na minha cabeça e entoara algumas ave-marias e pai-nossos. Eu nunca soube por que minha avó me levara lá. D. Madalena me benzia e minha avó rezava ajoelhada no chão de concreto quebrado, de olhos fechados, suas coxas gordinhas dobradas. Pacmã, Mutuca e os outros meninos da rua assistiam à cena um pouco mais afastados, e riam baixinho. Sem perder o passo ou o ritmo santificado das palavras, d. Madalena às vezes abria os olhos com uma expressão momentânea de desgosto, e eles então ficavam quietos, marmanjos amedrontados pela autoridade daquela senhorinha viúva cuja casa minúscula e de paredes descascadas abrigava todos eles. A água e o sabão espumoso que corriam e se bifurcavam pelo asfalto me lembravam da água gelada que levei na testa naquela tarde de bênção, uma tarde não de todo desagradável, mais leve e alegre do que as procissões noturnas de são João na fazenda.

No caminho para Santo Antônio, não paramos em estradinhas laterais de terra como de costume. Meu voo para São Paulo sairia às oito da noite e meus avós queriam chegar logo na casa de tia Vavá. A certa altura, porém, Romualdo parou no acostamento ao lado de uma borracharia. O atendente, talvez acostumado ao uso daquele local como ponto de encontro, nem se levantou, e seguiu mastigando seu fumo. Eu, minha mãe e minha irmã estávamos no banco de trás — estávamos na caminhonete de quatro portas, outra F-1000 azul; meus avós iam na frente com Romualdo. Ficamos parados ali por um tempo, esperando algo, o ventilador potente do ar-condicionado da caminhonete nos isolando dos barulhos lá fora, embora vez ou outra o canto de um galo ou o mugido de uma vaca atravessasse os vidros. Minha avó tinha os olhos fechados e rezava baixinho, não porque houvesse qualquer ameaça no ar, mas porque era isso que ela sempre fazia, por mero reflexo, quando o mundo parava por alguma razão e havia alguns segundos de silêncio.

Depois de alguns minutos uma mulher se aproximou da janela, e Romualdo lhe entregou uns envelopes. "Ó, não vai gastar em pinga não, hein", ele disse. "Tem que comprar tudo que o seu José tá mandando pro seu pessoal lá: o coentro, o frango, o arroz, a mandioca. O peixe eu trago semana que vem quando passar pela Transpantaneira." Ela riu e murmurou algo ininteligível. Magrinha, talvez fosse jovem, mas não dava para saber, já que sua pele esturricada e rugas precoces tornavam impossível discernir sua idade. Vestia uma saia surrada e uma camiseta velha, de propaganda eleitoral antiga. "Ó o seu sobrinho aí de novo", meu avô disse à minha avó quando viu a camiseta, num tom meio exausto. Era o tom que usava para falar do sobrinho dela do PFL, ou de políticos do PFL, ou simplesmente de políticos que conhecia. "Essa é da época de deputado", minha avó respondeu. "Tava bonito, ele", cantarolou, "ainda tinha cabelo."

"Vambora, Romuardo!", meu avô sussurrou, como se fizesse uma sátira bem-intencionada da rispidez. Romualdo o ignorou, e continuamos parados no acostamento por um tempo. Ele fitava a mulher enquanto ela se afastava da estrada, caminhando entre toquinhos de árvores e casas de cupim. De repente ele acelerou, virou bruscamente a caminhonete e, voltando um pouco na via de mão dupla, parou no acostamento do outro lado. "Amanhã tô aí e vou lá abrir a geladeira de todo mundo pra ver se tá cheia, hein!" A mulher apenas ergueu o braço com um dedão em riste, num sinal de "joia", sem nem olhar para trás.

"Bebe demais, tadinha", Romualdo falou. Meu avô lhe perguntou por que então não tinha escolhido outra pessoa para o serviço. "Rá", Romualdo respondeu, resumindo sua opinião cética sobre as outras pessoas. Em seguida acelerou o carro e voltou à direção certa na estrada, no limite de cantar pneu (uma técnica que dominava como ninguém, porque nada irritava mais meu avô do que uma cantada de pneu).

"Bebe demais, tadinha... Tadinha da muié", Romualdo prosseguiu. "Tadinha dela, tadinha da muié, eu vou é pro Poconé, eu vou é pro Poconé." Falava sem cantarolar, como se citasse a letra de uma canção tão antiga que ritmá-la era dispensável; mas ninguém no carro reconheceu a letra.

* * *

"Não lembra de mim não, é?!", tia Leci gritou da varandinha ladrilhada da sua casa, enquanto descíamos da caminhonete e ocupávamos a calçada da frente. Era uma pergunta que eu ouvira muito naqueles anos. Na rua, no cartório, em repartições públicas, padarias, farmácias. Pessoas que eu nunca vira na vida diziam ter me carregado no colo, diziam lembrar do meu cabelinho loiro que agora estava escurecido. "Lembro de você sim", eu respondia, fitando cada pessoa nos olhos para que não descobrissem minha mentira, embora eu ficasse também um pouco desconcertado com a pergunta (eu deixara o país com dois anos de idade, o que esperavam de mim?).

Talvez elas também compreendessem a insanidade da demanda, mas havia na apreensão dessas pessoas uma tristeza resignada. Era como se já precificassem a decepção de uma resposta negativa; e eu, tomado por um instinto romântico, me fazia de surpreso, franzindo o rosto como se cavucasse a memória. "Ah, bom", lhes respondia, alguns segundos depois, "agora estou lembrando, agora sim estou lembrando..."

Certa vez, um homem que parecia particularmente desesperado por estabelecer uma conexão com minha família (uma conexão com qualquer coisa, na verdade) me parou na rua e fez a pergunta de praxe. "Lembro sim", eu lhe respondi, "de você eu lembro até bem, porque o meu avô fala sempre de você." Era obviamente um exagero meu; romantismo infantil se convertendo em crueldade, em sadismo infantil. Mas o homem captou a mentira, pois sabia que, ainda que transcendesse as maiores barreiras que a vida lhe impusera, seu José do 8º Ofício não passaria as tardes falando dele. Saiu andando pela rua sem se despedir e quando já estava mais longe, virou-se de novo e me disse: "Você mora de favor lá, bicho".

Mas de tia Leci eu lembrava bem; para ela eu não precisava mentir. Visitara-nos muitas vezes na Filadélfia. Tinha uma pintinha preta debaixo do buço — uma marca que, além de ser um artifício mnemônico útil, lhe dava um ar simpático sem que precisasse sequer abrir a boca. O marido estava a seu lado na varanda. Como eu me acostumara a encontrá-la sempre sozinha, a presença do marido me desconcertou um pouco. Eu nunca o vira na Otiles Moreira. Devia ter uns sessenta ou sessenta e cinco anos, estava de short Adidas e sem camisa, o tórax caído e flácido, os mamilos pequeninos, exatamente como os do meu avô. Era tão silencioso que presumi a princípio que fosse mudo, o que depois descobri não ser o caso.

"Ele teve depressão, meu filho!", tia Leci gritou (falava gritando). Tinha notado que eu fitava seu marido, e interrompera a conversa com minha avó.

"Depressão, coitado", ela repetiu, e passou a palma da mão aberta sobre a cabeça do marido, alisando-a. Havia só alguns tufos solitários de cabelo na cabeça dele, e o resto da careca era toda lisa. Havia um contraste entre os tufos densos e a lisura da careca. Os cabelos que permaneciam não tinham o aspecto ralo comum em pessoas doentes — era mais como se uma criança tivesse recebido carta branca para brincar na sua cabeça com um aparelho de barbear.

Quando tia Leci mencionou a depressão, ele ficara um pouco mais ereto, sorrindo com certa reserva magnânima, como se a esposa falasse não da sua melancolia, mas de um feito de bravura em alguma guerra passada. De resto, ele era ignorado. Tia Leci e tio Ditinho, seu irmão, falavam animadamente com meu avô, minha avó e minha mãe, e todos se abraçavam e se enrolavam num ritual mútuo de tomadas de bênção. Tia Leci tomava bênção da minha avó e do meu avô; minha mãe tomava bênção de tia Leci e de tio Ditinho; eu e minha irmã tomávamos bênção de todo mundo — sobretudo da minha avó, que tinha uma espécie de transtorno obsessivo-compulsivo em relação a bênçãos, já que pedia aos netos que tomassem bênção dela o tempo todo, muitas vezes ao dia. "Não há família que seja tão abençoada quanto esta!", tia Leci costumava gritar: de certa forma, tinha razão. Depois fomos todos tomar bênção de tia Vavá, a mãe de tia Leci e a pessoa mais longeva da família, que estava sentada no canto da varanda, numa cadeirinha que quase roçava o chão ladrilhado.

Ao ver a mão de cento e dois anos estendida, minha irmã hesitou um pouco. "Vem, minha filha", tia Leci falou, "todos nós vamos ficar assim um dia, logo logo." Ditinho começou a rir; e Leci se corrigiu, rindo também: "Quer dizer, talvez a gente morra antes, né, seu José?".

Ao lado de tia Vavá estava Eugênia, a criada da casa. Ela levava colheres de uma pasta amarela pálida, talvez mingau, à boca de tia Vavá. Tia Vavá não conseguia tomar as colheradas; a pasta escorria pelos cantos da sua boca desdentada, pelo seu queixo e vestido. Eugênia, com a mão tremendo, tentava então lhe dar mais comida. "Cuidado, Eugênia, lindinha, mais devagar, por favor", tia Leci dizia. Eugênia abria então um sorriso largo, também desdentado, mas não obedecia; e com a mão tremendo aumentava ainda mais a velocidade da colherada rumo à boca da patroa. O mingau ia para o chão. Escorria e manchava o vestido de tia Vavá. "Com calma, lindinha, com calma", tia Leci repetia a Eugênia.

"A gente deixa ela brincar de dar a comida, senão ela chora, quer fazer o serviço", tia Leci sussurrou à minha mãe. Estimava-se que Eugênia tivesse algo entre cento e cinco e cento e oito anos de idade. Já tia Leci tinha mais ou menos a idade da minha avó, quase oitenta, embora fosse sua sobrinha.

Nos visitara na Filadélfia porque viajava muito, diferentemente do resto da família. Conhecia São Petersburgo e Berlim e Helsinque. Pulava de um continente a outro, ansiosa por roçar a superfície agitada da experiência, sem se preocupar muito em absorver os lugares pelos quais passava. Dura, selada a influências externas, movia-se rápido e batia em cada canto do mundo, voltando sempre inalterada, como uma bola de bilhar que não se rende à profundeza da caçapa, à sua tranquilidade imóvel e sisuda. Na primeira vez em que ficara conosco em Drexel Hill, o aquecedor tivera um problema, e ela, sem roupas adequadas para o frio, enrolara o rosto com panos de prato e toalhas, cujas estampas de natureza-morta lhe davam certo ar de camponesa — um ar que, a despeito das suas viagens incessantes, combinava com o apego que tinha à sua terra. Era um apego levemente sinistro, por ser incorruptível por qualquer ansiedade colonial ou coisa do tipo. Contava-se que a primeira vez que tia Leci viu a Notre-Dame de Paris, se irritou porque achou que os arquitetos haviam copiado a igreja de São Gonçalo, e explicar a ela que na verdade a igreja de São Gonçalo é que copiara a Notre-Dame exigiu um esforço monumental ("Como pode algo mais bonito ser a cópia?").

Agora ela erguia uma das pernas de Eugênia com cuidado e nos explicava por que tivera que mandar amputar parte dela. Contou que uma tarde tinham deixado a empregada sozinha por alguns minutos ("São como crianças, essas duas"), e ela decidira cortar as unhas do pé. Quando viram, o pé já estava todo esfolado, todo ferido. A necrose tinha sido fulminante, impossível de deter. "Mas pelo menos conseguimos tomar a tesoura dela antes que cortasse as unhas de mamãe", tia Leci disse. Na cicatriz do coto da coxa de Eugênia, algumas manchinhas pálidas salpicavam sua pele negra. Nos últimos tempos, tia Leci prosseguiu, a empregada cismara de repetir todos os serviços que fizera quando jovem, e se irritava quando alguém tentava tomar conta dela; não gostava que tia Leci lhe desse de comer na boca, por exemplo.

Tia Leci estava ajoelhada, apoiando as costas de Eugênia com uma das mãos e segurando sua coxa interrompida com a outra. Raios de sol batiam na varanda, num jogo quase religioso de luz e sombra. Na divisória entre o chão de ladrilhos e o gramado malcuidado, algumas frutas apodrecidas e entreabertas — mangas, goiabas — eram bicadas por bichinhos saltitantes.

"Hã, hã, hã."

Tia Vavá balançava o braço e soltava grunhidos, tentando chamar a atenção da filha. "Pega a dentadura de mamãe", tia Leci disse ao irmão, com certo fastio. "Ela tá querendo falar." Tio Ditinho trouxe a dentadura, e tia Leci a encaixou na boca da mãe. Começou então um processo árduo de adivinhação do que tia Vavá queria. Queria mandar beijo? Queria cumprimentar a irmã mais nova, o cunhado? "Quer comer, quer papar?", tia Leci perguntou, fazendo um gesto com as duas mãos, como se chamasse a mãe para perto de si. "Olha o José aí, dá oi pro José, nosso primo." Tia Vavá balançou a mão mole, como se espantasse um mosquito, mas meu avô não retribuiu a saudação. Fitava a cunhada anciã com uma expressão inerte.

Só se ouvia a respiração agitada de tia Vavá, e o "hã, hã, hã". Tia Leci aproximou o ouvido dos lábios da mãe. "O que é, mamãe?", ela disse. "O que é, mamãe?"

"Pre-ta…", tia Vavá disse, num murmúrio exausto. Lambeu os beiços com satisfação e apontou para Eugênia. "Cri-ou-la."

"Não", tia Leci respondeu. "Não pode."

A réplica ríspida da filha fez tia Vavá sorrir. Um sorriso sem malícia, de emoção pura e infantil; seus olhos com catarata brilharam. Eugênia esticou o braço e tentou empurrar tia Vavá, num gesto lento e desengonçado. Insistiu com o movimento, mas a coordenação motora falha a impedia de ser mais enfática.

"Epa…", tia Leci disse, esfregando as costas das duas gentilmente. "Sem bater, vocês duas. Parou."

Tio Ditinho virou para a minha mãe e sussurrou, com uma surpresa que parecia genuína: "Você sabe que nessas variadas dela tô descobrindo que mamãe é bem racista?".

Nas outras visitas a Santo Antônio, eu vira as duas anciãs abraçadas, chorando e rindo, sempre imersas naquele destilamento estranho de relações passadas, naquele teatro mercurial. Às vezes tia Vavá chamava Eugênia de "momô" (meu amor) e "lia" (linda) e outras coisas assim. Os gestos das duas — as repetições das gargalhadas e choros, os movimentos truncados e vagamente mecânicos dos braços — me lembravam, absurdamente, alguns brinquedos da Disney, não as montanhas-russas, mas os brinquedos mais rudimentares, como o Delta Dreamflight, ou os bonequinhos na beira do riacho escuro de It's a Small World, dando tchau enquanto os barquinhos passavam. Essa lembrança me desconcertava, fazia com que eu me sentisse perdido entre duas ilhas da infância, uma remetendo à outra sem que eu nunca soubesse exatamente qual era a cópia e qual era a original. Talvez por isso eu nunca suportasse fitar por muito tempo tia Vavá e tia Eugênia. Embora também devesse haver outras razões.

Romualdo tinha ficado para trás, arrumando qualquer coisa na caminhonete, e quando ele chegou na varanda para cumprimentar a todos, tia Leci repetiu a história do que acontecera com a perna de Eugênia. Contou a história com a mesma cadência, as mesmas ênfases dramáticas. Muitas das minhas tias, é preciso dizer, tinham certo gosto em narrar tragédias. Havia um descompasso claro entre o tom misericordioso que usavam e a escatologia dos eventos relatados. "Acabou o rosto do rapaz, tadinho, levou doze tiros na cara e não sobrou nada", minha tia-avó Heleninha dizia, enchendo a boca de cocada enquanto assistia *Cadeia Neles*.

Enquanto tia Leci se ajoelhava e segurava a perna de Eugênia outra vez, seu marido me puxou pela manga. Fez um gesto ríspido com a mão para que o seguisse casa adentro. Ficara quieto por tanto tempo que eu até me esquecera dele. Olhei ao redor, na esperança de que alguém percebesse que o homem me chamara para entrar na casa. Mas todos estavam outra vez hipnotizados por tia Leci; fitavam Eugênia com expressão consternada, como se não tivessem ouvido a história antes. Procurei a cumplicidade da minha irmã, mas logo me dei conta de que ela — talvez chocada, talvez apenas entediada com a cena das anciãs — pedira para voltar à caminhonete para ler gibis no ar condicionado.

Entramos no que me pareceu um corredor improvável, comprido demais para uma casa tão humilde. O marido de tia Leci ia na frente, caminhando rápido com suas Havaianas, cujas tiras azul-claras já estavam pálidas de tão gastas, exatamente como as dos pedreiros que volta e meia faziam obras na piscina da Otiles Moreira. Passamos em frente a um quartinho onde outra senhora ("senhora", porém, era um termo relativo na casa de tia Leci) rezava o terço numa cadeira de balanço. Da cozinha vinha o chacoalhão e o chiado da panela de pressão, reconfortante como o ruído monótono de uma locomotiva, e também de lá vinha o odor dos almoços de domingo — alho, cebola, filés de pintado e cachara empanados e fritos em óleo de soja barato. Enquanto o marido de tia Leci andava, notei os quadradinhos da cadeira de vime nas suas costas, detalhados como uma marca de gado feita a ferrete. Devia passar horas e mais horas sentado na varanda.

No seu quarto, a cama estava desarrumada, e havia um criado-mudo com abajur. Sentia-se o odor levemente rançoso de roupas usadas. Ele não abria a boca, apenas fazia gestos impacientes, apontando para lá e para cá. Parecia exasperado comigo. A televisão era a única fonte de luz; ela chiava baixinho e banhava o quarto na atmosfera cinzenta da sua estática. Às vezes figuras espectrais se formavam e se desfaziam rapidamente na tela. Reconheci naquelas figuras o programa dominical que eu e meu avô às vezes assistíamos juntos: mulheres de biquíni caçavam sabonetes numa banheira, enquanto homens de sunga fingiam tentar impedi-las, abraçando-as mais ou menos na altura dos seios para que algum mamilo pulasse para fora. Assistíamos ao programa rígidos, sempre tomados por uma espécie de vergonha mútua, mas nunca envergonhados o suficiente para mudar de canal. "Essa mulher sim que é bonita", meu avô dizia às vezes, num tom forçosamente displicente. Sua tentativa de dissolver a atmosfera culpada que nos envolvia me enchia de ternura e respeito por ele.

O marido de tia Leci ficava cada vez mais impaciente; emitia sons guturais e apontava para a tevê — ele também queria ver as mulheres de biquíni. Tinha os olhos cerrados, e no ambiente liquefeito e instável criado pela estática da televisão (era como se estivéssemos rodeados por aquários) seus tufos caóticos de cabelo lhe davam um ar psicótico. Por um momento senti medo dele. Lembrei das inúmeras histórias de variados que circulavam na família — o ex-deputado que abandonara a carreira para se trancafiar no galinheiro e ler Proust; a própria tia Vavá, que já não controlava suas palavras; Bravo França, enchendo a boca de "réis" e mastigando as notas até elas empaparem sua língua, que ficava pretinha, bem pretinha, como se ele tivesse tomado vinho, segundo meu avô contava.

Algumas semanas antes, num fim de tarde em que eu e minha mãe passeávamos de carro, ela me perguntou se eu queria ir embora do Mato Grosso. Sempre me impressionou o fato de que desejos que cultivamos em segredo por muito tempo, quando reconhecidos por alguém e expressos em voz alta, perdem um pouco do brilho. Falamos de quanto custava um aluguel em outro estado, de quantas roupas eu precisaria levar, de quantas vezes por ano eu deveria voltar para visitá-la. Por medo de ofendê-la, eu nunca expressara meu desejo de ir embora, mas agora, pelo modo como ela enumerava os custos e as vicissitudes de morar sozinho aos quinze anos numa cidade desconhecida, percebi que havia pensado pelo menos tanto quanto eu na questão. E, não sei bem por quê, enquanto ela me explicava o que faríamos para que eu saísse de lá, me lembrei do pequeno Macintosh em Drexel Hill, do seu escritório lá, no qual ela se fechava para "estudar" (palavra que me parecia engraçada na época pela conotação escolar); me lembrei dos seus livros gastos e amarelados, que eu depois herdaria. Ao lado da estante do escritório ficava a janela que dava para os pinheiros orvalhados do bairro.

"Você tem que ir para São Paulo ou para o Rio de Janeiro", ela falou, com um ar distraído, enquanto manobrava o carro para pegarmos a Perimetral. "No fim essas são as duas cidades que existem." Nunca tinha ouvido minha mãe falar com tamanho ceticismo da sua terra. "Depois de São Paulo ou do Rio você pode ir para fora de novo, se Deus quiser." Disse que eu estava mais pálido ultimamente; que eu dormia muito após o almoço. Tinha medo de que tudo piorasse se eu ficasse ali.

Naquela hora, o horizonte expansivo, com seus roxos e rosas violentos, seu amarelo mais sutil, parecia aumentar minha vontade de viajar logo, de ir embora. Não passava então pela minha cabeça que a vontade de ir embora não era bem uma vontade, mas um estado perene, inextinguível. Uma chama azulada, sem a intensidade desesperada do fogo mas ainda assim uma chama, ora alta, ora baixa. Bastava dar a cada lugar, a cada cidade ou país uns três ou quatro anos, mais ou menos, e a chama logo subia outra vez, embora para alguns lugares certamente dois ou três meses fossem suficientes, se não dias ou horas. Eu queria ir embora, sim. Queria deixar as tias anciãs, as sessões vespertinas de cinema de vanguarda no colégio, as procissões noturnas, os sermões do padre na igreja Mãe dos Homens.

O rádio do carro estava sintonizado na estação de música clássica, e em meio ao poente sublime a *Chaconne* de Bach tocava. Que ridículo. A *Chaconne* de Bach tocava umas seis ou sete vezes ao dia, e por isso me lembro tanto dela. Quando minha mãe ligava o rádio do Golzinho e um axé ou pagode começava, eu lhe dizia: "Tira daí, tira, tira rápido". Ela então botava em outra estação, com a mesma rapidez com que fechava as janelas do carro para evitar que os flocos pretos das queimadas entrassem nos nossos pulmões.

O prazer da conversa com a minha mãe naquela tarde durou só alguns minutos. Nas horas seguintes, fui tomado pela convicção de que ocorreria algo que me impediria de ir embora, pois não há desejo de exílio que não se faça acompanhar por certa paranoia narcísica: a ideia de que todos que ficarão para trás de alguma forma conspiram contra a sua partida. Por dias fiquei nesse estado de hiperatenção, e à medida que o tempo passava, comecei a suspeitar que haveria uma tragédia, um desastre que me impediria de partir, um acontecimento que poderia vir de qualquer lado dos campos vastos que nos circundavam.

E naquele momento, a apenas algumas horas do meu voo para São Paulo, eu realmente estava numa situação esdrúxula. Na penumbra de um quarto hostil, um homem com cara de louco apertava meu braço, dava tapinhas na tevê e choramingava baixinho, como um cão.

"O que você quer?", perguntei, finalmente puxando meu braço de volta. "Eu não sei o que você quer. Me fala o que você quer."

Ele não tentou apertar meu braço de novo, apenas franziu o cenho.

"Ué, rapaz, você fala português? Mas você não é americano?" Seu rosto tinha agora um ar compreensivo, professoral. "Me falaram que você era americano."

Até então eu não havia dito uma palavra sequer. Percebi que antes eu estava com medo de falar, como se o som de minha voz fosse o gatilho que provocaria a tragédia pela qual eu esperava fazia semanas. Agora que tinha finalmente aberto a boca, me sentia estúpido por não tê-lo feito antes.

Dei de ombros. "Não, não sou."

Seus olhinhos cerrados pareceram diminuir.

"Ah, deixa pra lá então", ele disse, puxando-me pelo braço (agora com gentileza, como se precisasse do apoio de um jovem para se manter equilibrado). Levou-me de volta ao corredor comprido. "Queria que você consertasse a tevê, mas você não é americano."

Quando chegamos na varandinha, ele começou a rir. "É gente nossa, Leci!", gritou. Esfregava o lóbulo da minha orelha com o indicador e o polegar, como se fosse tirar uma moeda dali. "O menino é gente nossa, nega, ele é daqui. Não sabe nem consertar uma televisão." Tia Leci o ignorou, e seguiu passando a mão na cabeça de Eugênia e da mãe enquanto conversava com as visitas. Seu marido sentou-se outra vez na cadeira de vime e tirou os chinelos, chutando um deles para longe com raiva; o pé do chinelo rolou até o gramadinho árido, parando em meio às goiabas e mangas.

Mais tarde, da janelinha do avião, tentei ver os prédios da cidade. A maioria ficava no bairro dos meus avós. Muitos ainda estavam sendo erguidos. "A cidade tá crescendo, temos que comprar mais terrenos", meu tio Betinho dizia, com um misto de orgulho local e anseio pecuniário, quando passava em frente aos lotes. Mas nada me parecia mais desolador do que aquelas placas de imóveis à venda, empoeiradas. Os buracos escuros de janelas e portas futuras, brutalmente recortados num bloco de concreto cinzento. Olympus, Empreendimentos Cartago: os nomes imperiais e tristes das construtoras do Centro-Oeste.

Não consegui ver os prédios. Do avião eu só enxergava as plantações, os campos vastos de soja e de algodão. Quadrados e retângulos planos e macios, verdes clarinhos e escuros e marrons sutis que conforme subíamos iam ficando mais e mais indiferenciáveis, mais oníricos, esfumaçados pelas nuvens. Sem o carimbinho do cartório do 8º Ofício, era difícil acreditar que sequer existiam.

PARTE II
El Dorado

Meu avô morreu em junho de 2010. Eu tinha vinte e sete anos e vivia em Londres na época. Passava os dias num prédio espelhado à beira do Tâmisa, fitando o rio correndo rápido pela janela enquanto escrevia relatórios que continham frases como "A situação política na Argentina é instável", ou "A relação do governo brasileiro com a oposição tem piorado significativamente". Às vezes eu copiava as frases que tinha usado num relatório e as colava em outro. E dessa forma, a situação política do Brasil se transformava na situação política da Argentina, que por sua vez se transformava na situação política do Chile, que por sua vez se transformava na situação política do Uruguai. Nesses momentos, nacionalidades me pareciam fantasias grotescas. Empresas, governos e algumas poucas agências humanitárias pagavam por esses relatórios. Mas minha impressão era que ninguém os lia. Eu cuidava dos países da América Latina, prevendo eleições nacionais, ranqueando-os e comparando-os. Não me dei conta então, mas o trabalho era a encarnação adulta das perguntas que eu passara a infância toda respondendo, e das quais sempre quis me livrar. Você gosta mais do Brasil ou do Chile? Do Chile ou dos Estados Unidos? Do Brasil ou dos Estados Unidos?

Não pude chegar a tempo para o enterro, mas comprei uma passagem barata na Alitalia, cheia de escalas, para a missa de sétimo dia. Minha família sabia que eu queria ser escritor — nunca escondi o desejo de ninguém —, e talvez por isso tenham me pedido que redigisse um texto e o lesse no púlpito da igreja Mãe dos Homens. Usando o gancho dos provérbios distorcidos do meu avô, falei de Maquiavel, sobre a *fortuna* e a *virtù*, enfiando temas que me interessavam goela abaixo dos outros. Quando terminei o discurso, ouvi só o roçar sutil de corpos se ajeitando nos bancos da igreja, um ou outro choro de neném. Muitos parentes se decepcionaram por eu não ter mencionado Deus. Ninguém, nem eu na época, tinha ideia do nível de deslealdade envolvido na escrita. Um velhinho careca, porém, pegou no meu braço assim que pisei na calçada. "Gostei muito do que você falou!", ele disse, com os olhos úmidos. Depois me contaram que ele era professor de filosofia política na UFMT.

À noite, os parentes e empregados do meu avô se reuniram na casa da minha mãe. Enquanto comiam salgadinhos, cada um me dava uma versão diferente do corpo do meu avô no dia do enterro. Joelma disse que ele "estava bem calmo, com maquiagem, todo bonitinho deitado lá no caixão". Romualdo falou que dias antes de ele morrer, a unha do seu pé não parecia mais estar necrosada, nem amarela mais estava, e me perguntou se eu sabia de algum processo biológico que causava isso. Um menininho, filho de algum parente distante, tentara impedir que fechassem o caixão na hora do enterro. "Quero ir com o seu José, tô com vontade", havia dito à sua mãe, estoico. Já tinha idade suficiente para entender o conceito de morte, e o consenso familiar fora o de que estava tentando aparecer.

À medida que a noite avançou, as descrições físicas se tornaram mais detalhadas. Todos tentavam ler o corpo do meu avô, mais ou menos como em vida tinham tentado ler seu humor. Mas só o Bastos, um dos seus primos, mencionou as partes do corpo dele das quais eu mais lembrava. Como se fizesse uma autópsia em sua cabeça, Bastos explicou que as varizes eram um mal de família — "coisa de sedentário, de quem fica carimbando as coisas" — e descreveu também o corte cirúrgico na barriga, o corte de Miró, que estava escondido debaixo da roupa no dia do enterro. "Fui eu que ajudei ele a parar de fumar", ele disse, orgulhoso. Em seguida abriu dois botões da camisa e me mostrou uma cicatriz que tinha no peito, uma ponte de safena. "Parece com o corte da barriga do seu vovô, né. Nós tudinho vamo morrer do coração. Bando de guloso, só quer saber de rapadura. Ocê tá gordo também."

Em seguida, como se eu ainda fosse uma criança, começou a me explicar numa voz amável o que acontecia com o corpo depois de enterrado, como ele se decompunha e os vermes vinham e depois tudo virava "adubo, sementinha de novo". Estava perdido no solilóquio quando Romualdo, atento, bateu no seu ombro. "Sossega aí, Bastos", disse. "Vamos lá que eu vou pegar uma cerveja pro senhor." Quando Bastos levantou, Romualdo sussurrou rapidamente no meu ouvido: "Esse daí tá variando de vez".

Àquela altura a casa da Otiles Moreira já fora demolida. Toda a família — minha mãe, meus tios e tias, meus primos, meus avós — vivia agora nos prédios que haviam sido erguidos ao longo dos anos, a poucas quadras da antiga casa. Eram edifícios altos, de concreto cinzento ou bege, todos eles com nomes derivativos e sem sentido. Maison Biarritz; Bordeaux les Vins; as torres vizinhas do Torino 1 e Amalfi 2. Algumas das sacadas tentavam imitar as curvas lânguidas do modernismo nacional.

Mato Grosso é o estado que mais cresce no país, meus tios me diziam, como se eu os ofendesse simplesmente por não viver lá. Falavam das pequenas cidades no norte do estado, onde escolas tinham sido construídas e ruas asfaltadas. Lucas do Rio Verde era um nome murmurado com certa deferência. "A China tá arregaçando. Tá comprando tudo, porra", meu tio Julio me disse no dia da missa, ríspido. "Você não tem ideia do que é Lucas do Rio Verde hoje em dia." Mas ninguém parecia ter muita ideia. As cidadezinhas estavam a centenas de quilômetros de distância, e ninguém parecia disposto a ir até elas só para confirmar os rumores da pujança da soja, suas promessas de prosperidade.

O cartório também tinha mudado de lugar. As salinhas compactas e interligadas do centro haviam passado para um terreno maior. Eu me mudara para São Paulo aos quinze anos e depois havia feito faculdade lá; então voltara para os Estados Unidos, para fazer um mestrado; e logo em seguida, por causa da oferta de emprego, tinha ido morar em Londres, onde vivia desde os vinte e três anos. Nesse tempo todo, rumores sobre o "novo cartório" chegaram até mim — uma construção faraônica que durara muito tempo, um lugar imenso e mítico. Uma tarde, um ou dois dias após a missa, fui até lá para começar o processo de transferência de meus documentos. Por preguiça e também por um terror instintivo de burocracia — essa zona labiríntica na qual meu avô fizera sua fortuna — meu título de eleitor, minha carteira de motorista e meu RG ainda continham a sigla MT. Minha agência do Banco do Brasil também ainda era de lá. Minha mãe insistiu para eu aproveitar as duas semanas de folga do trabalho para resolver tudo isso de uma vez. Eu via nessa insistência dela motivações ambíguas: apesar de ter me estimulado a ir embora dali desde cedo, doze anos era muito tempo, e talvez no fundo tivesse um desejo vago de que em algum momento eu voltasse. "Já que você não gosta daqui, transfira os documentos logo, ué...", dizia, fingindo brincar. Que os documentos ainda fossem dali lhe parecia uma espécie de afronta, uma hipocrisia.

Embora construído recentemente, o lugar se assemelhava a um casarão colonial, com um teto muito alto que fazia ecoar o vaivém luminoso das impressoras. As térmicas de café haviam sido substituídas por uma máquina negra que moía os grãos e fazia um escândalo enfumaçado na hora de se tirar o espresso. E do lado de fora caminhonetes com insulfilme e adesivos de são Benedito e santo Antônio reluziam no sol do meio-dia, ocupando um estacionamento vasto de pedrinhas, um estacionamento que nunca se enchia.

As mesas do recinto estavam todas num plano aberto, equidistantes, numa ilusão de ordem democrática, e eu não soube de quem me aproximar com os documentos. Decidi entrar na fila. Quinze minutos se passaram até que Romualdo, que me esperava do lado de fora, entrou no casarão. "Ah, não", ele disse, quando me viu. Abriu uma das portinholas da divisória que dava para os computadores e fez um gesto para que eu passasse logo para dentro, enquanto as pessoas na fila me fitavam sem raiva, algumas inquisitivas, outras com sorrisos ambíguos. "Ô Teia", Romualdo disse a uma das secretárias, "o sobrinho do Betinho aqui tá precisando de despachante." Minha tia agora era a titular do cartório, meu tio Betinho o suplente. Dei a pasta com os documentos à secretária, e ela me disse que voltasse lá e falasse com ela dali a uma semana.

"Você tá muito inglês, guri, querendo ficar na fila o dia inteiro", Romualdo riu, quando voltamos à caminhonete. Havia alguns fios grisalhos esparsos na sua cabeça, seus globos oculares estavam mais amarelados. Mas a idade se refletia menos no seu aspecto físico do que em certa mansidão que agora exibia. Estava mais gordo e já não passava a marcha com a mesma violência. Nem sequer passava a marcha: o carro era automático. Havia muito tempo eu não sabia mais os nomes dos carros. Quanta energia mental, quanta imaginação infantil tinha sido gasta naquelas máquinas!

Assim como, na infância, ele parecia me odiar com uma intensidade muito específica — uma intensidade que eu não via aplicada aos meus primos —, agora ele parecia me dedicar um afeto descomunal, muito maior do que aquele que dedicava aos outros. Batia mais no meu ombro, me trazia cerveja gelada em churrascos. Me chamava de Diplomata (por causa das línguas que eu falava e porque ninguém entendia muito bem meu emprego). Algum rito de passagem aconteceu; não foi um processo gradual. Havia uma idade misteriosa, num momento indefinido da adolescência, em que as posições táticas de todos mudavam. Os filhos de Rubião, o caseiro da fazenda, já não receberiam a cota igualitária de fogos de artifício nas festas de são João; os parentes de d. Madalena já não teriam coragem de tocar a campainha da Otiles Moreira; e eu começaria finalmente a desfrutar desse afeto de Romualdo — o mesmo afeto puro, sem distorções, com o qual eu sonhara na infância.

Naqueles dias recebi alguns e-mails do meu pai. Desde nosso encontro doze anos antes, no shopping de São Paulo, eu nunca mais o vira. Tinha lhe negado os quinhentos reais que ele me pediu depois do encontro, e as ligações telefônicas foram cessando aos poucos. Mas vez ou outra ele ainda me escrevia. Seus e-mails nunca chegavam em momentos de calmaria. Parecia ter um sensor para competir com as turbulências psicológicas que aconteciam na minha vida, como se quisesse exigir atenção filial nos momentos mais esdrúxulos. Em Londres, eu havia me apaixonado por Elsa, uma expatriada francesa casada, e por um ano e meio nos vimos quase todos os dias; nunca me esquecerei da sua língua, sua língua gelada, cuja temperatura evocava o Norte. Quando Elsa decidiu voltar para Paris com o marido, voltar ao seu país e ao que lhe era familiar, realmente me surpreendi, me deprimi intensamente, chocando-me de uma forma como nunca me chocara antes — o choque peculiar causado por finais que são previsíveis para todos menos para nós mesmos. Ela tomou o Eurostar, cujo brilho sujo e conforto submarino — que até então eu achava romântico, civilizacional — depois passariam a me gerar só receio. No dia em que ela pegou o trem, fui beber em Camden, cheirei um pó horrível que só me deixou com a boca seca; e quando acordei na manhã seguinte, a luz pálida e aquosa de Londres filtrando-se pela janela e formando um feixe fino na tela do laptop, lá estava um e-mail do meu pai falando do dinheiro que todos lhe deviam, outra vez cobrando suas dívidas imaginárias.

Agora meu avô tinha morrido, e ele reapareceu com essas mensagens. Os "caipirões" ainda lhe deviam muito dinheiro. A casa do Jardim Jequitá era dele, por direito. "Os caipirões não sabem nem falar direito. Me arrancaram o pátrio poder." Os e-mails tinham sempre os mesmos temas, as mesmas obsessões. Mas havia uma cena particular à qual ele voltava com mais insistência. A da manhã no hotel El Dorado, quando eu tinha doze ou treze anos, o dia em que os "puxa-sacos" do meu avô haviam lhe armado "uma tocaia" e o expulsaram da cidade. Estava ele tomando café da manhã tranquilo no salão do hotel quando chegou a "turma do vovô", escreveu com ironia, "aqueles jagunços ignorantes": policiais fardados, procuradores, "o capanga gordo também". Meu pai descrevia a todos com certo nojo, fixando-se às vezes nas suas características físicas. Achava todos feiíssimos, de pele ruim. E esbravejava contra os erros gramaticais. "Eu sou estrangeiro e falo português melhor do que todos juntos!"

Era um bom narrador: incorporava as expressões locais, recordava-as depois de décadas. Sem vê-lo, sem ouvir sua voz, ele se tornou para mim, aos poucos, apenas esse narrador, uma voz na página, uma voz na tela, para ser mais preciso. Relatava episódios num fluxo de consciência sem muita pontuação. Uma voz estridente, bastante diferente do tom gentil que eu conhecera na infância. Minha sensação era a de que desaparecera e se espalhara pelo mundo. Quando eu ia a Santiago ou a Assunção ou a Montevidéu a trabalho (sabia que ele estava em alguma dessas cidades), escaneava os rostos pelas ruas com um misto de medo e prazer, buscando meus próprios traços na multidão. As coisas com ele e Lucía também terminaram mal, eu soube depois. Parece que teve outra mulher, talvez outros filhos. Como podia alguém tão descompromissado e etéreo ser ao mesmo tempo tão ridiculamente fértil?

Puxei vovô do banco de trás da sua Belina. Caminhamos juntos até um salão escuro e começamos a dançar um rasqueado, uma das canções paraguaias que tocavam nas festas de são João da fazenda. Balancei-o para lá e para cá ao ritmo da música, como se fosse um boneco de pano. Ele sorria, com os olhinhos bem cerrados, mas de repente se desinflou, como se fosse de borracha, e fiquei com sua carcaça na mão. Me bateu um desespero imenso para me livrar daquela carcaça nojenta, cheia de feridas e fedendo, que também era a capa do monstrengo de Halloween que eu usara para o *trick-or-treat* em Drexel Hill, quando tinha cinco ou seis anos de idade e batia na porta dos vizinhos para recolher doces, o inverno já dando seus primeiros sinais, o vento mudando, as folhas caindo e enchendo as calçadas num instinto irrefreável de se extinguir.

"Eita", Romualdo murmurou no carro, sem interesse algum, quando lhe contei o sonho. Por que eu insistia em contar sonhos para os outros? Quando os outros me contavam seus sonhos, eu me entediava em dois segundos. Por que haveria de ser diferente na situação inversa?

Quando chegamos ao túmulo, a chuva tinha apertado. O cemitério era pequeno e árido, salpicado por espaços vazios de terra batida. As poucas áreas verdes do terreno não pareciam mitigar a aridez, mas aprofundá-la — ervas daninhas tinham crescido descontroladamente em certos trechos, e no vento que acompanhava a chuva as plantas mais altas pareciam abanar as lápides. Romualdo me apontou alguns outros túmulos: ali estava o meu bisavô, ali o Comunista, ali o primo tal. "Estão todos aí, Diplomata, agora vamo rezá." Quando se agachou para depositar na lápide as rosas que comprara um pouco antes num sinal de trânsito, sua camisa polo encardida se espichou um pouco, e vi as marcas de bala na sua pele, perto da cintura. Eu tinha me esquecido delas. Em meio ao marrom avermelhado da terra batida e ao verde definhado das ervas daninhas, o vermelho das rosas era muito escandaloso, quase de mau gosto.

A imagem do sonho da noite anterior não se dissipara, e eu tampouco me esquecera da pequena lição de anatomia de Bastos, o primo meio variado, e talvez por isso tenha pensado na pele do meu avô lá embaixo, apodrecendo, agora talvez fosse só osso. O tom elegíaco da velhice nunca o pegara em cheio. "Já tô no lucro", dizia às vezes, referindo-se à sua longevidade. Mas era uma frase insincera, pois ele tinha muito medo da morte. A cada dois ou três anos eu voltava ao país para vê-lo. Ficava poucos dias na cidade, sempre temendo que alguma coisa me segurasse ali, assim como aos quinze anos eu temera que algo me impedisse de partir para viver em São Paulo. No último dia da viagem, ele me levava até seu armário, abria a gaveta e me dava meu envelopinho com dinheiro. "O que vai acontecer comigo depois que eu morrer?", me perguntava em seguida, como se estivesse me pagando pela informação. Fazia a pergunta com um ar incerto, trêmulo — com esse misto de coragem e vergonha exclusivo das crianças quando fazem perguntas francas que estão na boca de todo mundo.

Só na segunda vez que isso aconteceu me dei conta de que talvez sua pergunta não fosse totalmente retórica. "O que ocê me falou aquela vez de Santo Agostinho, aquele negócio que ocê tinha lido na USP?", me perguntou um dia, o envelope tremendo na sua mão. "Ocê é crânio", disse, acusatório. Depois de tantos anos de estudos e viagens, o mínimo que seu neto poderia lhe dar eram algumas respostas concretas sobre o porvir. Ele estava saudável, forte (sua morte seria rápida, aos noventa), e assim tinha todo o tempo do mundo para contemplar a passagem do tempo com terror. Romualdo folheava *Contigos* na mesa da sala, esperando para me levar ao aeroporto.

A casa da minha mãe se encheu. Ela e meu avô viviam no mesmo prédio, e a morte dele tinha criado uma pequena crise diaspórica. Parentes e empregados que antes circulavam pelo sétimo andar começaram naqueles dias a circular pelo terceiro. O bate-bate do portão de ferro da Otiles Moreira fora substituído pela ventilação escandalosa do elevador no hall de entrada, subindo e descendo a todo momento; a campainha tocava de dez em dez minutos.

"Eu não sou papai não", minha mãe disse, "não vou aguentar isso o dia inteiro."

Mas quando as visitas chegavam, ela era gentil. Estendia a toalha na mesa da cozinha, coava café, buscava porções de pão de queijo na padaria. A irmã Catarina, uma freira ruiva e franzina, cujo ressecamento nas juntas dos dedos parecia evocar o sacrifício religioso da sua vida, vinha quase todo dia "fazer uma oração". E depois ficava para os salgadinhos. Outras senhoras vinham, em duplas ou trios, consolar minha avó, que agora tinha a cabeça completamente branca. A morte do meu avô a fizera abandonar a tintura do cabelo, o tom ragu que, para mim, compunha sua personalidade tanto quanto o terço azul-bebê que ela entrelaçava nos dedos.

Às vezes minha mãe chorava, mas seu choro era automático, desdramatizado — ela se punha ao lado da pia da cozinha, derramava umas lágrimas violentas e assoava o nariz. O choro tinha a mesma textura pragmática de tarefas domésticas: uma varrida rápida na casa, uma guardada de copos no armário. Depois ela ia dar aulas na universidade e me pedia que ficasse com as visitas que aparecessem. E então eu atendia a campainha a cada dez minutos, e passava horas e horas conversando com parentes que mal conhecia, indo dos temas mais inócuos aos mais pesados — conversando sobre o jogo do Dom Bosco e depois sobre a grávida que levara dezoito tiros na barriga (segundo o *Cadeia Neles*, ela trocara o guaraná ralado do marido sem avisá-lo); falando da rapadura sublime de Joelma e em seguida da degradação física de Caíto, outro primo distante, cujo vício em cigarro o deixara com um tubo no pescoço e só um fiapinho de voz, "falando assim ó: bééé... bééé... que nem robozinho".

Às vezes esses anciões — todos meio parecidos, com o mesmo jeito ansioso, a mesma polidez excessiva — me perguntavam de Londres. Mas bastava eu começar a elaborar impressões da cidade para que se desinteressassem abruptamente. "Falam que tem um transporte público incrível lá!", diziam, cortando-me. Melhor assim, pois eu não saberia o que lhes dizer sobre a Inglaterra. Minha vida lá era prazerosa, mas todas as minhas experiências daquele lado do oceano pareciam ter um caráter fugidio — até a luz da cidade, na sua palidez difusa, tinha um aspecto onírico, irreal.

Bastos era a presença mais frequente na casa, e também a mais perturbadora. Era uma matraca. Não ficava quieto um segundo. Tinha um cabelo cor de cobre, alongado na nuca, e seu rosto e pescoço eram cobertos de pintas escuras salientes que pareciam vagamente cancerígenas. Isso era fruto do excesso de praia na juventude, das suas idas frequentes ao Rio de Janeiro. "O Bastos era lindo", minha mãe e minha avó diziam, num tom de misericórdia que parecia abarcar não só sua beleza perdida mas algo maior — talvez o rumo errático da sua vida, o fato de que acabara com uma lojinha de revenda de eletrodomésticos cujo lucro mal pagava as contas.

Pouco antes da morte do meu avô, ele e o primo fizeram um acordo, e Bastos desde então tomava café da manhã e almoçava todo dia lá no sétimo andar. Nos dias depois da missa, ele desceu para a casa da minha mãe, repetindo o ritual por um tempo breve. Os parentes com quem eu tinha morado (o Comunista, minha tia-avó Heleninha) já haviam morrido. Bastos parecia um amálgama de todos eles — uma metralhadora de vozes do além, os estilhaços de lembranças e fragmentos familiares ricocheteando pela sala. "Seu vovô era da UDN, filiado até", me disse uma tarde. Será? Não dava para confiar em tudo que ele dizia. Eu sabia que meu avô José havia sido próximo da família Müller, dos "sobrinhos de Filinto", chefe da polícia de Vargas, e sabia que a mansidão e tolerância que exibia nas conversas com sua sobrinha tinham também seu lado teatral. O Comunista teria dito que seu irmão era o velho Franz Joseph ("Franz José"), imperador dos Habsburgo, fingindo certa senilidade e inocência apenas para que os súditos se sentissem bem, mais inteligentes que ele. Ninguém tem tanto dinheiro à toa. Ninguém acumula tanto poder por acaso. Mas para mim era difícil acreditar na sua filiação a um partido de direita. Aceitar isso implicaria aceitar que traços seus que eu sempre considerara instintivos — o acúmulo de afetos, sua forma afável e ao mesmo tempo irritadiça de organizar reconciliações entre amigos e fechar acordos — eram fruto de algo mais metódico. Quando o conheci, ele já era um aposentado de fato, jocoso e alegre mas também recluso, muito cansado do mundo, com o corpo decaído e remendado, parado no tempo, se fechando no quarto para assistir a partidas do campeonato brasileiro no ar condicionado. No seu criado-mudo jaziam as biografias escritas por Ruy Castro e *Agosto*, o romance de Rubem Fonseca, e a capa com só a metade do rosto de Getúlio salpicada de sangue me parecia sombria. Talvez Bastos estivesse falando merda.

"Ocê ainda fala com seu pai?", Bastos me perguntou num almoço, destrinchando a ventrecha de pacu no seu prato. Sua boca brilhava com a gordura do peixe. Fazia refeições fartas, e minha mãe tinha que buscar a comida lá em cima, no sétimo andar, no armazém infinito que era usado para os parentes e visitas. Havia um freezer cheio de pacu, matrinxãs, e pintados de olhinhos esbugalhados; os carneiros e cabritos, com seus ossos cinzentos e carnes pálidas, ficavam em outro compartimento; e numa gavetinha separada estavam os Eskibons da minha avó, as embalagens pegando o cheiro rançoso da carne e dos peixes.

Bastos me fitou com certa malícia, e antes que eu pudesse reagir, ele mesmo respondeu a pergunta, como sempre fazia. "Não, não", murmurou rápido, baixinho, "com o seu pai ocê não fala mais... O seu pai é danado, aquele homem é danado."

Quando terminou o café e a sobremesa, ele se aproximou de Romualdo, e conspiratório, como se aquilo fosse um pedido pontual e não um ritual frequente, perguntou se poderia pegar uma carona até sua lojinha no centro da cidade. Romualdo o fitou por um tempo. Parecia que não iria responder. "Vambora, pô!", gritou de repente, fazendo Bastos ranger os dentes num sorriso nervoso. Bastos olhou ao redor da sala, encabulado, piscando um pouco, como se pedisse desculpas silenciosas a todos à sua volta. Mas naquela hora a sala da minha mãe estava vazia, não havia ninguém ali.

Um ou dois dias mais tarde fui ao cartório para ver como andavam os documentos. Por quase vinte minutos, passei de funcionário em funcionário; ninguém conseguia me dar informações sobre o que tinha acontecido com a pasta. "Deixei os documentos com a Teia", eu disse a um homem baixinho, que parecia ainda mais diminuto atrás do seu computador.

"Teia?" Ele fez uma cara cética, como se o apelido lhe parecesse grotesco. "Ah, sim... Cristiane", disse em seguida, e, com certo cansaço, se levantou e me levou até ela.

Quando me aproximei, ela abriu um sorriso. Irradiava uma alegria fria, excessiva: claramente não se lembrava de mim. Expliquei que havia deixado a pasta ali mais ou menos uma semana antes e que ela me pedira que ligasse, mas que eu tinha decidido vir pessoalmente. Sua falta de reação me impeliu a dar mais explicações, e comecei a detalhar quais eram os documentos.

"Ah, você é o sobrinho do Betinho", ela disse, de repente animada. Cavucou entre seus papéis e me mostrou a pasta de plástico transparente, com um ar triunfal. O papel de uma balinha 7Belo que eu esquecera na pasta rolava freneticamente enquanto ela a manuseava. Preferiria não ter visto aquele papelzinho — era a prova cabal de que ninguém olhara os documentos desde que eu os entregara.

"A Cristiane está num curso de capacitação, senhor", outra secretária me disse, quando voltei três dias depois. "Está em Porto Velho no momento, senhor." A mulher falava numa cadência pausada, naquele tom pretensamente submisso que esconde o prazer visceral de mandar o interlocutor embora com alguma informação irrefutável.

"Mas os documentos já estão até prontos para envio, senhor", ela me disse em seguida, intuindo minha irritação. "É só entregar para um despachante nosso, posso fazer isso ainda hoje para o senhor."

"É só isso que precisa então?", perguntei. Tudo parecia fácil demais, mas a ideia de não precisar fazer mais nada era demasiado atraente para que eu a questionasse.

"Tendo uma procuração, tá tudo certo", ela respondeu, sorrindo. "E você também já tem, porque o seu tio mandou fazer para todos vocês no ano passado."

"Todos nós?", indaguei, esperando que ela especificasse quem éramos. Mas ela apenas balançou a cabeça num gesto de afirmação, e manteve o sorriso estático. "Sim, todos."

Naquele mesmo dia, no caminho de volta para o prédio da minha mãe, perguntei a Romualdo se ele se lembrava da manhã no hotel El Dorado em que meu pai fora expulso da cidade. Eu não tinha planejado fazer a pergunta. Ela me veio num jato involuntário, como num espirro. Romualdo ficou em silêncio. Por um ou dois segundos tive a impressão de vislumbrar sua versão de décadas antes, aquela raiva impronunciável borbulhando sob ele, liberada pouco a pouco, como um botijão de gás que vazasse. Me bateu uma vontade diabólica de redobrar a aposta, e lhe perguntei se ele estava presente lá naquela manhã, se tinha ajudado a "buscar" meu pai no hotel. Aquele "capanga gordo", meu pai escrevera nos e-mails: só podia ser ele.

Anos antes, Romualdo teria dito: "Tava sim, trabalho pro seu avô, ué". Ou então: "Fui sim, e dei um tabefe na nuca dele, inclusive". Teria matado minha impertinência numa só frase.

Isso, muitos anos antes. Agora ele só fitava a rua, e havia pequeninas manchas escuras nos seus globos oculares amarelos.

Estávamos passando por construções inacabadas na avenida Fernando Correa, atravessando a sinfonia experimental de martelos e britadeiras, e o chiado agudo das máquinas de cortar azulejos se mantinha num tom constante ao longo da avenida, como um canto de cigarras. A mão gigante do poder público fazendo um afago na barriga das empreiteiras — uma hora a mão parava, descansava por alguns anos, e depois voltava outra vez.

"Lembro disso não, Diplomata", Romualdo disse, após um tempo. "Agora é você que tá variando, rapaz." Foi a primeira e única vez que o vi sem graça; soltou uma risadinha fraca, e me senti um lixo por ter feito a pergunta.

A casa do Jardim Jequitá valia mais ou menos oitocentos mil reais, considerando-se inflação, juros e correção monetária. Isso era o que meu pai afirmava nos e-mails. Suas outras contas eram mais confusas; eu não conseguia acompanhá-las. Continuou me mandando mensagens naquelas semanas depois da missa. Nos anos que se seguiram, nunca deu sinais de reconhecer a morte do meu avô José, e, de uma forma um pouco macabra, foram esses e-mails dele que mantiveram a imagem do meu avô muito viva na minha memória.

Eu tinha parado de responder à maioria das mensagens, pois minhas respostas eram ainda mais repetitivas do que elas. "Não quero falar de dinheiro", eu lhe escrevia, "se quiser, podemos ter uma relação, mas esqueça a família da minha mãe, por favor, esqueça tudo isso." Respostas protocolares. Era essa a relação de pai e filho que eu buscava. "Como você tá? Tudo bem? Sim, e você, tudo bem? E como estão as suas meninas, você ainda fala com elas?" Queria estreitar nosso campo de comunicação, limitá-lo, controlar as conversas.

Desde muito cedo eu ouvira furtivamente as conversas dele

com o meu avô por telefone, e conhecera partes suas que talvez não devesse ter conhecido. E agora queria botar tudo de volta na garrafa. Queria que ele virasse uma pessoa que não era: o pai de papos inócuos e levinhos, o pai de conversas e conselhos medíocres. Era um desejo covarde, cínico até, mas era isso que eu queria.

Os números da fortuna do meu avô José não chegavam até mim só pelo meu pai. Chegavam também por outras pessoas, sobretudo por conhecidos da época do Saint-Exupéry, que, àquela altura, estavam felizes de terem se livrado das obras-primas de Fellini e Tarkóvski, focados que agora estavam em estudar para concursos públicos, viajando para Tocantins, Rondônia, Goiás. Aonde houvesse concurso, eles iam. "Só tento mais dois anos e aí eu paro de vez", diziam, como se estivessem viciados em crack. Sabiam tudo de arrecadação, de impostos retidos. Suas contas eram muito mais precisas que as do meu pai. Sua tia e seu tio, rapaz, eles devem ganhar uns seiscentos mil reais por mês, só de salário, por aí, cada um, eles diziam. Seiscentos mil, talvez quinhentos, no mínimo, por aí — e cartório é sempre uma delícia, porque tem pouquíssimos custos, você só fica lá carimbando. Imagina quanto o seu avô não ganhava? Fora patrimônio acumulado, terrenos, puta que o pariu.

Eu não gostava de ouvir aqueles números. Ressentimentos distintos se misturavam em mim. Lembrava da frase que meu avô às vezes dirigia à minha mãe e que me doía: "Intelectual não ganha nada, professor não ganha nada não, viu?". Mas em geral meu ressentimento se dirigia contra os próprios conhecidos, que tinham a presunção de falar livremente comigo sobre o dinheiro da minha família. Sem dúvida não falariam assim com meus primos. Por anos eu mantive distância do país, da cidade, fiz o esforço de me afastar, mas nessas horas o resquício gasoso de certa lealdade filial me subia à garganta. "Por que vocês não vão logo pro mercado financeiro encher o cu de grana, em vez de ficar prestando esses concursos de merda por aí?", disse com crueldade a Fábio e a Raul, a quem não via desde o tempo da escola. Meu tom melou a noite. Um comboio de músicas sertanejas chegava a nós em ondas, dos outros bares da praça. Mais tarde pedi desculpas aos dois e voltei a lhes perguntar sobre os concursos que prestavam já fazia quatro, cinco anos. Mas sem poderem falar das coisas que lhes aceleravam o pulso — auxílios-moradia, salários altos, aposentadoria integral —, a conversa morreu, e caímos num silêncio doloroso. Não éramos amigos próximos, mas naquela noite parecíamos íntimos. Como se estivéssemos nos evadindo de alguma tragédia passada sobre a qual ninguém queria falar.

O salão do El Dorado era silencioso. Me instalei lá dois dias antes de embarcar de volta para Londres, pois a casa da minha mãe continuava a encher depois da missa, e eu não conseguia descansar direito. Às vezes acordava de madrugada com o canto dos galos (de onde vinham, dos terrenos baldios ao redor do prédio?), e quando ia de cueca à cozinha para pegar um copo d'água, na luz débil do amanhecer, encontrava Bastos lá na mesinha, já tomando um pingado e comendo seu pão com manteiga, o cabelo cor de cobre penteado para trás, exalando um cheiro bom de banho. "Tá peladão, hein", me dizia, fazendo um gesto vago com a mão direita e rindo baixinho. Depois começava a maratona de visitas do dia — e após quase duas semanas eu já não conseguia mais aturar a esquizofrenia dos diálogos, as conversas que começavam numa festa de debutante da neta de fulano e terminavam com o caso do bebê que nascera sem cérebro, ou com um tumor raríssimo na cabeça, esses casos narrados sempre com um misto macabro de misericórdia e animação.

Expliquei à minha mãe que o voo seria longo e que eu precisava estar inteiro para o trabalho na segunda-feira seguinte. Ela não gostou; e à noite, quando fomos jantar no Super Steakhouse, um restaurante novo que tinha aberto na avenida Getúlio Vargas, me apontou a fila longa na calçada, as pessoas todas de calças jeans justas e camisetas apertadas sob a marquise de neon. Ela era mais sutil que meus tios, mas também tinha seus momentos propagandísticos: queria me mostrar que a cidade tinha mudado, que crescera e se tornara um lugar excitante; e parecia ler nos meus retornos cada vez mais infrequentes à sua terra uma espécie de arrogância. "Tome bênção", me dizia às vezes, estendendo a mão, metendo-a na minha cara — ela, cujo secularismo tinha me salvado.

Eu gostava de hotéis. Preferia-os às casas de parentes, até à casa da minha mãe. Na empresa em que eu trabalhava, falavam de um holandês, um dos chefes de um escritório na Ásia, que havia uns bons anos não tinha endereço fixo e pulava de hotel em hotel usando o cartão corporativo. As pessoas mencionavam seu nome com certo desgosto moralista ("O cara não tem família, sei lá..."), mas a vida dele não me parecia tão ruim; às vezes me parecia ideal. Quando eu ia a trabalho para Buenos Aires, Montevidéu ou Paramaribo, me pegava cancelando reuniões só para ficar no quarto do hotel, deitado na cama imensa e macia com a tevê bem baixinha, lendo o dia inteiro no silêncio de algum andar bem alto, o buzinaço da cidade soando apenas como um leve rumor. Mandava as roupas sujas todas lá para baixo enfiadas em sacolas de plástico.

Entre uma e outra reunião morna com parlamentares ou acadêmicos ou jornalistas locais, eu escrevia numa das salinhas silenciosas do lobby. Nessa época trabalhava em dois textos distintos, e nunca conseguia decidir em qual deles me concentrar. Um se passava em Londres e era sobre uma família de classe baixa que se via destruída pelas mudanças políticas do thatcherismo; o outro era sobre um exilado da ditadura chilena que vinha parar no Brasil. Eu oscilava não só entre as histórias mas também entre as línguas que usava para escrevê-las. Quando escrevia em português, a forma mais direta e concisa do inglês me parecia a coisa mais autêntica do mundo; quando escrevia em inglês, as frases caudalosas do português, seus diminutivos e superlativos, me pareciam superiores para contar a história. O inglês era a língua da escola, a primeira língua em que eu fora alfabetizado; o português era a língua de casa, a que eu falava em Drexel Hill. Depois me dei conta de que o problema não eram as línguas, mas as histórias — elas não tomavam vida nunca, desidratadas pelo sol totalitário dos seus temas graves, thatcherismo e ditadura, temas sobre os quais eu só tinha muitas informações. Mas demorou alguns anos até eu perceber isso.

O piso do salão do El Dorado era de mármore, e qualquer passo, por mais discreto que fosse, ecoava no recinto. Tentei imaginar como teria sido para o meu pai ouvir o chiado tosco das botas daqueles procuradores e policiais, dos "jagunços", como ele os chamava, entrando no hotel, interrompendo seu café da manhã. Duvido que os recepcionistas tivessem feito alguma coisa. "Me armaram uma tocaia", meu pai havia escrito nos e-mails; e era verdade. "Vão comer teu cu na cadeia!", meu tio Betinho lhe gritara depois. Meu tio adorava falar de cu; sempre tinha sido escatológico. "Eles todos só falam besteira, o tempo todo", meu pai dizia, "e quando vocês eram crianças e eu lia histórias para vocês, quando eu conversava com vocês na barriga da sua mãe e colocava Brahms para vocês ouvirem, eles ficavam rindo da minha cara. Ignorantes de merda." Isso também era verdade. Em Drexel Hill ele nos botava no colo, a mim e a minha irmã, e lia *Onde vivem os monstros* para nós em seu inglês impecável, com seu sotaque meio britânico. Às vezes inventava histórias e mimetizava as vozes, e nós ficávamos vidrados, sem entender de onde vinha todo aquele mundo gutural que existia na sua barriga.

Eu conseguia imaginá-los pegando meu pai pelo braço ou escoltando-o para fora do hotel, mas era difícil vislumbrar o que ocorrera depois. Teria Romualdo levado meu pai ao aeroporto, como fazia com todos que vinham de visita? Teria meu avô comprado sua passagem antecipada para Santiago, Assunção ou onde quer que vivesse na época? A história que meu pai contava nos e-mails era rápida, alusiva, e acabava sempre antes de ele sair do hotel.

Talvez agora eu estivesse sentado no mesmo lugar que ele ocupara naquela manhã, pois apesar de silencioso o salão não era tão grande. A meu lado, uma família nórdica (pareciam falar sueco) tomava café — pai, mãe e dois meninos. Folheavam o panfleto que lhes fora entregue na recepção, com as sugestões de passeios ao Pantanal e às cachoeiras da Chapada dos Guimarães. O panfleto tinha fotos de tuiuiús, ariranhas, onças, jacarés. Fotos suntuosas, os animais em poses altivas. A realidade corpórea dos bichos, eu sabia, era bem mais discreta, e mais excitante por isso, já que era a mundanidade deles que fazia o coração disparar: como na pescaria em Porto Jofre, quando víramos a carinha da onça camuflada na folhagem, a cor modesta e uniforme do seu semblante, os olhos meio remelentos em volta dos quais bichinhos minúsculos voavam. "O gringo quase teve um troço", meu avô caçoaria depois, porque o dr. Stevenson tirou sua câmera gigante e começou a fotografar freneticamente; mas na verdade todos nós tínhamos ficado mesmerizados.

A sala de tio Betinho no cartório era repleta de santos —

a Virgem Maria estava no calendário da parede; são Benedito, perto do computador; santo Antônio, em outro canto da mesa. Havia santos até nas estantes do banheirinho acoplado à sala, em meio ao frasco de Bom Ar e a rolos de papel higiênico. No último dia de minha viagem fui até lá com a minha mãe, pois tinha recebido uma ligação informando que meus documentos não puderam ser passados para um despachante. Minha pasta estava na mesa do meu tio. Havia uma folha A4 colada nela, na qual alguém, muito feliz por ter se livrado de uma tarefa, escrevera e sublinhara em letras maiúsculas, definitivas: SEM PROCURAÇÃO.

Minha mãe fora comigo para esclarecer por que eu era o único dos netos de José que não tinha uma procuração. Embora ela fosse a irmã mais velha e Betinho o caçula, quando chegamos à sala dele, ela foi desarmada pela explicação simples do meu tio por ter me deixado de fora do processo: "Ele mora em Londres há quatro anos, ué, saiu daqui faz quinze anos já".

"Doze", minha mãe corrigiu.

"Você tá pensando em voltar pra cá, querido?", meu tio perguntou em seguida, virando-se para mim.

"Acho que não tem muitos empregos aqui", tergiversei. Não sei se eu estava sendo diplomático ou ofensivo. "Para o tipo de coisa que faço, digo."

"Tem o agronegócio, né…", minha mãe sussurrou, fraquinho.

"Presta o Itamaraty, rapaz", meu tio acrescentou, mais firme. "Eu pago a sua passagem e estadia lá em Brasília, querido, faça isso pela gente. Aí pelo menos você volta um tempo para o país." A frase me irritou a ponto de eu sentir uma raiva momentânea do próprio Instituto Rio Branco. "Você quer transferir os documentos para onde?", meu tio perguntou em seguida.

"São Paulo, né…", minha mãe disse, com um ar incerto.

"Sim, São Paulo", falei, firme, como se já tivesse pensado naquilo.

Meu tio ficou em silêncio, fitando o computador. Digitou um pouco. Eu nunca conseguira levar muito a sério sua autoridade. Lembrava-me do tio da Otiles Moreira, cujo prato no almoço era servido em separado por Joelma, lá pelas três da tarde; o tio do Gol GTI insulfilmado que dormia pelado, com o ar-condicionado no máximo, seu saco escrotal e pênis duas silhuetas débeis na escuridão do seu quarto, que era o maior da casa. Ele costumava descrever, com um misto de comicidade e raiva, a ocasião em que eu, com pouco menos de dois anos de idade, engatinhara mansamente até ele e lhe enfiara um tapão na cara. "Tapa de adulto", dizia, rindo ansiosamente, "um tapão de adulto, esse corno me enfiou."

Parou de digitar, esticou a mão e a pousou na minha cabeça gentilmente, segurando meu cabelo um pouco para trás. "Ih, olha só, irmã. Seu filho tá ficando careca igual ao pai. Vinte e sete anos: cheio de cabelo branco e careca."

E soltou uma risada, que minha mãe acompanhou — a risada dele encorpada e verdadeira; a da minha mãe apenas nervosa.

"Para transferir os seus documentos, faça o seguinte: tire uma tarde. Vai lá no Poupatempo e depois no TRE, não custa nada. Você tá por aí à toa esses dias. Mas se eu fosse você, até deixaria os documentos por aqui mesmo." Deu uma pausa breve, e sorriu: "Vai que um dia você volta".

Voltar para Londres era sempre um alívio. Que a vida lá tivesse certo aspecto irreal não diminuía o prazer dela; pelo contrário. Os dias tinham a mesma qualidade fugaz da luz da cidade. Meu sofrimento por Elsa, que durou mais de um ano, talvez dois, às vezes parecia de brincadeira. Era como se eu mesmo escolhesse dar algum tom trágico a uma vida que era demasiado leve. Até os restaurantes de cadeia e supermercados pelos quais eu passava caminhando em direção ao trabalho (Pizza Express, Sainsbury's, Nando's) tinham certa leveza intangível, com logomarcas coloridas e vagamente infantis; e as curvas sutis das casinhas vitorianas enfileiradas, bem como a carinha promíscua da rainha nas notas de libra, reforçavam minha impressão de que o que eu tinha ali era uma vida de brinquedo, que talvez durasse só mais alguns anos.

Na noite em que tomei o avião de volta para a Inglaterra, logo antes de eu embarcar, minha mãe me deu um relógio que supostamente pertencera ao meu bisavô. Um reloginho de bolso, não exatamente valioso, com uma rachadurinha bem no meio do vidro. Segundo ela, meu bisavô comprara o relógio em Londres, numa viagem que fizera no início do século XX, pouco depois da Primeira Guerra Mundial. Ela me contou essa história no portão de embarque, com o mesmo ar incerto que exibira no cartório, um dia antes. "Você mora em Londres, deve ter uma simetria aí...", ela disse. Me entregou o relógio e pediu que, quando chegasse na Inglaterra, o levasse a algum relojoeiro para tentar consertá-lo.

Cada vez mais, ela fazia esses gestos antes dos meus embarques. Tentava aparar arestas, dar mais forma a visitas que talvez não fossem tão calorosas quanto esperávamos. Às vezes, quando ela me dava a mão para eu tomar bênção, eu ria. Mas naquele dia, no aeroporto, quando ela estendeu o braço antes de nos despedirmos, eu lhe disse: "Bênção, mamãe". Ela então cerrou os olhos, deu uma risada amarga. "Ih, tá sendo irônico comigo agora, só faltava..." Eu não estava, mas explicar isso seria pior. Dei um beijo no rosto dela e embarquei.

Demorei seis meses até tomar qualquer atitude. Fui à Selfridges numa tarde de inverno, movendo-me lentamente pelo mar de casacos na Oxford Street. Mostrei o item ao relojoeiro do andar de baixo da loja de departamento. Ele pegou o reloginho e o girou com destreza na mão, franzindo o cenho intensamente, como se nunca tivesse visto o modelo, como se nunca tivesse visto um relógio, na verdade. "Foi comprado quando?", perguntou, confuso. Alguns dias depois me ligou e disse que não havia como consertar aquilo. Me dei conta então de que pouco me importava que o relógio estivesse parado, que eu até gostava disso; guardei-o numa caixinha branca, dentro do meu armário.

Era difícil entender como meu bisavô, pai do meu avô José, um sujeito que na família era visto como uma figura meio trágica, morto muito cedo, um comerciante fracassado, tinha ido parar na capital inglesa. As histórias da família da minha mãe eram todas assim: voavam pela mesa de almoço ao meio-dia, errantes e interrompidas, em meio ao barulho das xícaras e dos talheres. Como os mosquitos, zumbiam alto no ouvido, mas desapareciam assim que se tentasse vê-las ou segurá-las, só reaparecendo quando já se estava distraído. Relampejos pequeninos da verdade, davam certos caminhos, mas não constituíam histórias exatamente. O método de Bastos — de jogar uma frase no ar ("Seu vovô era da UDN") e deixá-la pairando, e depois de cinco segundos já passar para outra historinha —, esse método era a regra, não a exceção. E as árvores genealógicas que às vezes me mostravam, impressas num papel ruim, datilografadas nas máquinas de escrever do cartório, me exasperavam. Os nomes eram quase todos idênticos, e eu não conseguia decorá-los.

A única história mais redondinha era justamente a que contavam sobre esse bisavô, e talvez por isso eu e minha mãe desconfiássemos tanto do relógio — pois ele era um elemento novo na única história que, pela repetição incessante, já tinha se tornado muito sólida, irrefutável.

Ouvi-a pela primeira vez aos doze ou treze anos, algumas semanas depois que meu pai aparecera na cidade, encurralando meu avô no estacionamento do supermercado Boizão a fim de pedir dinheiro, para logo em seguida ser confrontado no salão do El Dorado. Eu sabia mais ou menos do que acontecera, mas não podia dizer, porque ouvia escondido as ligações do meu avô. Ao mesmo tempo, minha impressão às vezes era a de que meu avô José sabia disso e fingia não saber. Envoltos que estávamos naquela teia afetuosa de hipocrisia, ele me contava outras histórias. Rodeava o episódio do El Dorado, que era, talvez por um sentimento profundo de culpa, a única história que ele queria de fato contar mas nunca contaria.

Já era quase noite, quando ele me chamou para descermos ao quintal. Crazy, o pastor-alemão, dormia de barriga para cima, perto do galinheiro; bichinhos frenéticos voavam em círculos erráticos sobre sua pelagem, como numa reação química de partículas. Lembro que meu avô caminhou por um tempo a meu lado, catando as bocaiuvas no cascalho. Revirava-as na mão, escrutinava e descartava. Depois pegava as mangas do chão e fazia a mesma coisa. Me contou que seu pai havia morrido quando ele tinha só nove anos. Morrera de pneumonia. Uma pneumonia fortíssima, devastadora. Lembrava muito pouco do rosto do pai, mas tentava manter a imagem na cabeça. "É difícir, né", ele me disse. "Você anda esquecendo o seu pai?", perguntou em seguida, ameaçador. "Não esqueça ele, não, não esqueça o rosto dele." Morcegos remexiam as folhas das mangueiras do quintal, davam rasantes. Quando saíam em dupla, o som era como o de um beijo estalado na bochecha.

"O meu pai era comerciante", ele disse. Chorou um pouquinho, limpou as lágrimas. "Que é isso, rapaz… estou muito sensíver", falou, com certo cansaço irritadiço, como se lidasse com um problema prático (o guaraná que ficou ruim; o cinto que não fechava) — se Romualdo ou Joelma estivessem ali, certamente ele lhes pediria que resolvessem o problema da sua sensibilidade excessiva. Mas se recompôs, e continuou a contar a história.

O pai dele tinha preparado uma lancha com os sócios. Sairiam do rio Paraguai e iriam até o Uruguai, ali na bacia do Prata, onde venderiam todo o couro que levavam. Ia ser toda uma jogada. Ia rolar um tutu, uma grana, o pulo do gato, meu avô disse, esfregando o indicador e o polegar e mordendo a língua. Partiram certa madrugada, e navegaram por dias e dias. Quando finalmente chegaram ao Uruguai, foram avisados da rápida crise que estourara enquanto eles estavam na água e da qual eles não faziam nem ideia. O ano era 1929.

"Puta que o pariu, rapaz", meu avô disse, e, cheio de desgosto, cuspiu um catarro, uma aranhinha de saliva que se espatifou sem som no cascalho. Era como se ele mesmo tivesse perdido o investimento ali na hora.

"Tiveram que jogar o couro todo no rio", disse. "Era mais barato voltarem sem o peso, por causa do combustível." Fez um gesto com a mão, como se derrubasse o couro na água. "Chá, chá, chá, tudo pro rio, tudo embora pro rio. Teve uma ventania braba na volta. Frio pra burro." Viu uma manga no chão, se agachou com esforço, parecia que ficaria com essa. Mas a descartou. "Papai morreu pobre...", cantarolou, numa voz melancólica.

Ficamos em silêncio por um tempo; só se ouvia a folhagem das mangueiras balançando, os morcegos, manchas escuras disformes soltando aqueles sons de beijo.

"Foi aí que ele pegou a pneumonia?", perguntei.

"Hã?"

Ele me fitou um tanto confuso.

"A pneumonia, ué. Foi na friagem da volta que ele pegou a doença?"

Agachou-se e pegou outra bocaiuva, girando-a na mão com estoicismo. O céu tinha escurecido ainda mais. Os mosquitos atacavam minhas panturrilhas.

"Não, nada, isso foi um pouco depois", meu avô disse. "Não vamos inventar muito."

Agradecimentos

Aos meus editores, Luiz Schwarcz e Emilio Fraia. A Branca Vianna, João Moreira Salles e Rafael Cariello, por terem lido e comentado uma versão prévia do livro; e a todos que de formas distintas ajudaram ao longo do processo de escrita: Alun Bethell, Beatriz Portugal, Bruno Varella, Diogo Stefano, Felipe Charbel, Fernando de Barros e Silva, Maria Cecilia Oswald, Nestor Vaz.

À minha mãe, Ana Antônia, e minha família. A Julia, minha esposa, e sua família. Por fim, agradeço a todos da fazenda Pinhal, em Minas Gerais, onde um capítulo deste livro foi escrito — em especial a Dedê, Marcelo e Dag (em memória), por terem me hospedado tão gentilmente e aturado a minha reclusão.

ESTA OBRA FOI COMPOSTA PELO GRUPO DE CRIAÇÃO EM ELECTRA E
IMPRESSA PELA GRÁFICA SANTA MARTA EM OFSETE SOBRE PAPEL PÓLEN SOFT
DA SUZANO S.A. PARA A EDITORA SCHWARCZ
EM MARÇO DE 2020

A marca FSC® é a garantia de que a madeira utilizada na fabricação do papel deste livro provém de florestas que foram gerenciadas de maneira ambientalmente correta, socialmente justa e economicamente viável, além de outras fontes de origem controlada.